내일을 준
너에게,

마지막
러브레터를

내일을 준
너에게,

마지막
러브레터를

고자쿠라 스즈
장편소설

김은모 옮김

차 례

아이하라 미즈키에게

네가 늘 눈에 밟혀서,
한 번이라도 좋으니 이야기해 보고 싶었어.

사토

사토?

누굴까.

일단 답장을 쓰자.

너를 만나서 행복했어

프롤로그

방과 후의 비밀

내일을 준
너에게,
마지막
러브레터를

ASU WO KURETA KIMI NI, HIKARI NO LOVE LETTER WO

ⓒSuzu Kozakura 2022

First Published in Japan in 2022 by KADOKAWA CORPORATION, Tokyo.

Korean translation rights arranged with KADOKAWA CORPORATION,

Tokyo through JM Contents Agency Co.

내일을 준
너에게,

마지막
러브레터를

고자쿠라 스즈
장편소설

김은모 옮김

차 례

아이하라 미즈키에게

네가 늘 눈에 밟혀서,

한 번이라도 좋으니 이야기해 보고 싶었어.

사토

사토?

누굴까.

일단 답장을 쓰자.

너를 만나서 행복했어

프롤로그

방과 후의 비밀

세상은 참 불공평하다.

남녀를 불문하고 예쁘고 잘생긴 사람이 여러모로 편하게 살기 좋다.

그런 사람은 어릴 때부터 주변의 관심을 듬뿍 받고, 자신의 외모가 빼어나다는 사실을 스스로 깨닫게 되므로, 철들 무렵에는 절대적인 자신감이 생기기 마련이다. 자연스레 성격이 밝아지고 친구도 많아진다. 공부 같은 어려운 일도 주변에서 곧잘 도와준다. 타인에게 도움을 청하는 방법을 잘 알기 때문인지, 막다른 벽에 부딪히지 않고 요령 넘치는 하루하루를 보낸다.

내 친구 나나세 리쓰야말로 그런 아이다.

"도무지 모르겠어~ 가르쳐줘."

"나도 모르겠어. 본인한테 물어보지 그래?"

"에이, 미즈키는 참…… 쌀쌀맞아."

나는 쌀쌀맞게 굴 마음이 전혀 없었지만, 리쓰에게는 그렇게 느껴지는 모양이었다.

나는 속으로 한숨을 쉬었다.

리쓰와는 고등학교 1학년 때, 즉 1년 반 전인 봄에 처음으로 대화를 나누었다.

아직 친구가 없었을 무렵, 반에서 처음으로 자리를 정할 때 앞에 앉은 리쓰에게 내가 먼저 말을 걸었다.

뭐라고 말했는지는 기억나지 않지만, 그런 건 중요하지 않다. 다들 친구를 만들려고 애쓰던 시기라 나도 분발하려고 리쓰에게 말을 걸었던 것이다.

리쓰는 그 뒤로 자주 내게 말을 붙였고, 어느새 늘 내 곁에 있는 사이가 됐다. 2학년으로 올라갈 때도 반이 갈리지 않아 지금도 변함없이 함께 지낸다.

"사쿠라짱, 마이짱, 집에 가는 길인데 미안하지만 내 얘기 좀 들어줘~"

"응? 릿짱, 무슨 일인데?"

"남자는 생일 선물로 뭘 받으면 좋아할까?"

리쓰의 조심스러운 질문에 사쿠라와 마이라고 불린 여자애들은 멈춰 서서 능글맞게 웃으며 서로 얼굴을 마주 보았다.

"혹시 이치노세의 생일이야?"

"으응, 맞아."

리쓰는 부끄러운 듯 뺨이 발그레해진 채 고개를 살짝 끄덕였다.

이치노세라.

나는 턱을 괴며 리쓰의 옆얼굴을 보았다.

큰 눈망울과 긴 속눈썹이 제일 먼저 눈에 들어왔다. 리쓰는 컬러 립밤이 전혀 필요 없을 벚꽃빛 입술과 투명하리만치 뽀얀 피부를 타고났으며, 가을바람도 리쓰에게는 심술을 부리지 않는지 윤기가 자르르 흐르는 검은 머리카락이 늘 우아하게 찰랑거린다. 어떻게 봐도 누구나 '미소녀'라 입을 모아 말할 만한 존재다.

하지만 사람들이 리쓰에게 매료되는 건 예쁜 외모 때문만은 아니다.

"이치노세는 축구부니까 동아리 활동을 할 때 쓸 수 있는 게 좋지 않을까? 스포츠 타월은 무난하게 점수 따기에 그만이지."

"타월 좋다! 분명 잘 써줄 거야."

"하지만 타월은 이미 많이 가지고 있을걸. 이치노세는 잘 꾸미고 다니니까, 손목시계나 목걸이 같은 패션 용품을 더 좋아할지도 몰라."

"아, 그것도 괜찮네. 분명 좋아할 거야!"

사쿠라와 마이의 제안에 일일이 눈을 반짝이며 맞장구치는 리쓰는 얼핏 보기에도 즐거워 보였다.

엇갈리는 의견을 둘 다 귀담아 듣느라 "으으, 어쩌지"라며 머리를 감싸며 고민하는 리쓰의 모습에 사쿠라와 마이는 미소를 지었다.

이렇게 자연스럽게 주변 사람들의 기분을 좋게 만드는 건 타고난 재능이라고 봐야 한다. 아니, 이것도 외모가 빼어난 덕분에 후천적으로 형성된 성격이려나.

나는 거기까지 생각하다 내 사고방식이 어쩌면 이렇게 못났을까 싶어 기가 찼다. 나는 외모뿐만 아니라 내면까지 못생겼다는 걸 인정하지 않을 수 없다.

"그나저나…… 미즈키짱은 뭐라고 했는데? 왜, 우리보다 릿짱과 친하잖아."

사쿠라가 갑자기 내게 물었다. 리쓰와 이야기할 때와는 달리 서먹서먹한 말투가 우스꽝스러울 정도로 티 났다.

"아, 난 그런 거 잘 몰라서 말 못 해줬어……. 너희가 말한 선물 둘 다 괜찮은 것 같아."

사쿠라가 뜬금없이 내게 말을 걸어서 조금 놀랐지만, 나는 웃으며 적당히 대답했다.

"그렇구나. 미안, 미안."

사쿠라와 마이는 금방 내 옆자리에 앉은 리쓰에게 시선을 돌렸다.

"그런데, 이치노세 생일 언제야? 선물 사러 같이 갈까?"

"앗, 진짜? 고마워! 2주도 넘게 남긴 했어."

……아아, 왜 항상 이렇게 되는 걸까.

나는 아주 평범하게 대했다고 생각하는데도 반 아이들은 내게 보이지 않는 선을 긋는다.

어디까지나 나를 친구의 친구로 여길 뿐 개인적으로는 서먹서먹해한다는 게 훤히 보인다. 애당초 리쓰 말고 다른 여자애들이 내게 말을 거는 경우는 볼일이 있을 때뿐이고, 이유 없이 말을 붙이는 일은 거의 없다.

한편 리쓰는 누구와도 사이좋게 지낸다.

겉과 속이 다르지 않은 리쓰의 천진난만한 행동은 모두에게 웃음을 안겨준다. 리쓰와 더 친해지고 싶어 하는 아이는 수두룩하겠지.

"무슨 이야기 해?"

그때 뒤에서 나지막하면서도 깊은 목소리가 들려서 나는 얼른 돌아보았다.

햇볕에 색이 옅어진 갈색 머리, 구릿빛으로 그을린 피부, 새하얀 이를 내보이며 웃으면 눈꼬리가 살짝 처지는 눈을 가진 남자애. 그 애의 눈동자 속에 내가 비쳐서 가슴이 덜컥 내려앉았다.

"가이토!"

리쓰가 나보다 먼저 가이토의 이름을 불렀다. 나와 가이토의 눈이 마주쳤다 싶었을 때는 이미 가이토의 시선이 리쓰 쪽으로 옮겨져 있었다.

"이치노세*?!"

"지금 우리가 한 이야기 들었어?"

"지금 한 이야기? 아니, 무슨 이야기인데?"

세 사람은 순간 당황했지만, 가이토는 어리둥절한 얼굴로 고개를 갸우뚱했다.

그 모습에 리쓰는 정말 다행이라는 듯 가슴을 쓸어내렸고, 사쿠라와 마이도 안심하는 듯한 표정을 지었다.

생일 선물 이야기를 당사자가 들었을까 봐 불안했겠지. 그럴 만하다. 목소리가 커진 줄도 모르고 같은 반 남자애에게 생일 선물로 뭘 줄까 신나게 떠들고 있는데, 갑자기 그 사람이 나타났으니.

"어, 으으응, 별 이야기 아닌데?"

* 일본에서는 친하지 않은 사이에서는 성을 부르는 것이 일반적이다. 이치노세는 가이토의 성이다.

"음, 당황하니까 오히려 수상한데? 그런데…… 왜 미즈키만 그렇게 침착해?"

가이토가 문득 나를 보고 웃음을 터뜨렸다.

아무 동요도 없는 내 모습이 세 사람과 완전히 달라 눈에 띄었던 걸까. 가이토는 소리 내어 깔깔 웃었다.

"웃지 마……."

민망해진 나는 시선을 돌리며 작게 타박했다. 가이토가 웃는 얼굴로 날 봐줘서 기쁜 마음을 애써 억누르면서.

"애네랑 너무 딴판이라 웃기잖아."

"시끄러워. 웃어도 너무 웃네."

나는 일부러 화난 것 같은 말투로 대답했다. 그렇게라도 하지 않으면 가이토와 리쓰가 내 입이 헤벌쭉 벌어졌다고 지적할 것만 같았다.

"정말이지 자기 색깔 한번 뚜렷하다니까."

"내가 무슨. 가이토, 네가 더 그렇거든?"

"나야 미즈키랑은 비교도 안 되지."

"아하하, 미즈키는 정말 재미있어! 잔잔한 수면처럼 보여도 실은 여러모로 생각이 많다니까."

리쓰가 밝은 목소리로 끼어들어 나와 가이토의 대화는 금방 끝나 버렸다.

그 순간 내 가슴속에서 거무칙칙한 감정이 서서히 싹트면서 괴로움으로 변했다.

"역시 리쓰, 미즈키를 잘 알아."

"당연하지! 베프니까."

아아, 왜 굳이 나와 가이토의 대화에 끼어드는 거람.

리쓰는 늘 생글생글 웃으면서 내키는 대로 행동한다. 내 기분은 전혀 궁금해하지 않는다.

몇 초 전까지만 해도 내가 얼마나 행복했는지 리쓰는 알 턱이 없다.

"그럼 동아리 활동 하러 가자, 리쓰."

"아, 벌써 시간이 그렇게 됐나! 깜빡했네."

"그걸 깜빡하면 어쩌냐. 빨리 가자. 늦겠다."

무심하게도 가이토는 그런 리쓰를 좋아한다. 내가 아니라 리쓰를.

"사쿠라쨩, 마이쨩, 도와줘서 고마워! 붙잡아서 미안해. 미즈키도 이야기 들어줘서 고마워~"

리쓰는 환하게 웃으며 짐을 정리하고 일어섰다.

축구부인 가이토와 치어리딩부인 리쓰는 운동장과 체육관에서 따로 동아리 활동을 하지만, 본관 출입문까지 늘 함께 간다.

아무 도움을 주지 못한 내게도 고맙다고 인사하는 점이 리쓰다웠다.

리쓰는 타인을 다정하게 대하는 태도가 몸에 자연스레 배어 있다. 그러니 가이토가 리쓰를 좋아하는 것도 이해는 간다.

그렇게 나 자신을 다독이지 않으면 마음이 부서져 버릴 것만 같았다.

"안녕!"

"내일 봐."

나도 웃으면서 리쓰와 가이토에게 손을 흔들었다.

잘 웃고 있었을까. 자신은 없었지만 이윽고 두 사람의 모습이 오렌지색으로 물든 교실에서 사라졌기에 나는 입꼬리를 내렸다.

나는 집에 가려 했던 사쿠라와 마이, 두 사람과 함께 교실에 남겨졌다.

"쟤넨 그야말로 선남선녀네."

"둘 다 성격도 좋고. 너무 잘 어울려서 부러워. ……우리도 이만 가자."

사쿠라와 마이는 리쓰와 가이토 커플을 칭찬한 뒤 나를 힐끗 보더니 어색한 듯 서둘러 교실을 빠져나갔다.

어색한 건 나도 마찬가지다. 같은 반이지만 리쓰 없이는 서먹한 사이인데, 아무리 동아리 활동이 있다지만 저렇게 인사도 없이 먼저 가버리다니.

나는 조용히 한숨을 내쉬고 창밖을 보았다.

붉게 물든 하늘에 그림처럼 동그란 구름이 몇 개 떠 있었다. 타는 듯한 여름 더위의 여파로 푹푹 찌지만, 9월 초의 바람은 가을답게 점점 상쾌해지고 있었다.

좋아, 가자. 나는 가방을 어깨에 메고 자리에서 일어났다.

내게는 방과 후에 꼭 들르는 곳이 있다.

∘ ∘ ∘

쥐 죽은 듯이 조용한 공간에 책 넘기는 소리만 들려온다.

높다란 서가가 죽 늘어서 있는데도 답답하게 느껴지지 않는 건, 운동장 쪽에 커다랗고 개방적인 창문을 배치했기 때문이겠지. 나뭇결을 살려놓아 자연의 따스함이 느껴지는 책상을 흐트러짐 없이 줄 맞춰놓았고, 거기에 학생들이 서로 적당한 간격을 두고 앉아 있다.

그중에서도 나는 눈부신 석양이 비쳐드는 창가 자리에 앉아 있다.

내 특등석이다. 왜냐하면 축구부가 훈련하는 모습을 볼 수 있으니까.

가이토…….

나는 창밖의 운동장을 바라보았다.

서로 소리치며 운동장을 이리저리 뛰어다니는 축구부원 중에서도 한 명이 유독 빛난다.

이치노세 가이토.

유치원부터 고등학교까지 쭉 함께 지내온 내 소꿉친구. 내성적이고 낯을 가리는 게 내 성격으로 자리 잡기 전부터 곁에 있어왔던 유일한 존재.

천진난만하게 어울려 놀던 유년기에도, 남녀의 차이를 인식하기 시작했던 사춘기에도 변함없는 태도로 나를 대해준 소중한 사람이다.

난 철이 들 무렵부터 쭉 가이토를 좋아해 왔다.

반은 갈렸지만 같은 고등학교에 입학해 복도나 등하굣길에서 마주쳐 가이토가 말을 걸어줄 때면 매번 가슴이 설렌다.

하지만 어린 시절부터 쌓아온 우정을 망가뜨리기가 무서워서 애초에 고백할 마음조차 먹지 않았다.

그때는 나와 가이토의 관계가 예나 지금이나 변함없으며, 앞으로도 변함없으리라고 생각했기 때문이다. 그러리라는 보장은 어디에도 없었는데.

그래서 2학년에 올라와 리쓰와 가이토가 사귀기 시작했을 때 몹시 충격을 받았던 기억이 지금도 생생하다.

두 사람이 서로 알게 된 계기가 다름 아닌 나였다는 것이 더욱 눈물 나는 지점이다. 학교에서 내가 가이토와 마주치고 인사할 때, 곁에는 대개 리쓰가 있었으니 두 사람은 아주 자연스럽게 안면을 틀 수 있었던 셈이다.

2학년에 올라와 리쓰와 가이토가 같은 반이 되자 두 사람은 어느새 가까워졌고, 어느 날 리쓰가 내게 "가이토랑 사귀기로 했어"라고 말했다.

분명 5월 초순이었다. 다른 사람들 눈에는 둘이 같은 반이 된 지 얼마 되지도 않아 초고속으로 사귄 것처럼 보이겠지. 하지만 난 1학년 때부터 리쓰와 가이토 사이에 묘한 기류가 흐른다는 걸 알고 있었다.

그때 내가 얼마나 괴로웠는지는 말로 다 표현할 수 없다.

머리로는 두 사람이 서로 끌리고 있다는 걸 이해하면서도, 가이토에 대한 희망을 완전히 버리진 못했다.

만약 내가 가이토의 소꿉친구가 아니었다면, 만약 내가 리쓰와 친하지 않았다면 어땠을지, 지금도 머릿속 한구석에서 상상을 펼치곤 한다.

그 결과, 나는 리쓰와 가이토가 사귀기 시작한 지 4개월 가까이 지나도록 가이토를 좋아하는 마음을 단념하지 못하고 도서실에 드나들고 있었다.

드르륵.

나는 천천히 자리에서 일어나 도서실 입구에서 가까운 서가로 향했다.

도서실에 와놓고 책을 읽지 않으면 이상해 보인다.

방과 후에 창문 너머로 축구부가 훈련하는 모습을, 아니 가이토의 모습을 볼 때면 반드시 나쓰메 소세키의 『마음』을 펼쳐놓는다.

가이토와 리쓰가 사귄다는 이야기를 들었던 최악의 날, 평소찾지 않던 도서실로 도망쳐 우연히 집어 든 것이 이 책이었다.

마침 그 무렵 현대문학 시간에 배웠던 작품이라 눈에 들어왔을 뿐 내용이 특별히 기억에 남아 있지는 않았지만, 나는 그날 『마음』을 펼쳐서 얼굴을 가리고 실컷 울었다. 그 기억만은너무나 선명하게 남아 있다.

그 뒤로 가이토가 동아리 활동 시간에 축구를 하는 모습을보기 위해 도서실에 갈 때는 늘 앞에 펼쳐둔다.

"찾았다."

나는 작게 중얼거리고 『마음』을 꺼냈다.

교과서에도 실려서 누구나 한 번쯤은 접했을 작품을 굳이도서실에서 찾아 다시 읽으려는 사람은 없다. 100퍼센트 확률로 서가에 항상 꽂혀 있다.

도서실 책은 구겨지지 않도록 전부 표지에 코팅 필름을 씌워놓았다. 표지가 반질반질한 서점의 새 책보다도 내 손에 훨씬 익숙하게 느껴졌다.

동아리 활동을 하는 가이토를 바라본다는 걸 숨기기 위해서라고는 하지만, 4개월 동안이나 같은 책을 지니고 있다 보니 이 책에 제법 애착이 생기기도 했다.

'그때부터 내 가슴속에는 가끔 무서운 그림자가 번뜩였지. 처음에는 우연히 밖에서 덮쳐왔다네.'

문득 이 구절이 눈에 들어왔다.

이렇게 묵묵히 가이토를 생각하고 있으면, 가끔 리쓰의 얼굴이 떠올라 죄책감에 사로잡힌다.

나도 염치가 없는 인간은 아니다.

가이토와 사귀기 전까지는 리쓰를 절대 잃고 싶지 않은 친구라고 생각했다.

아주 예쁘면서도 전혀 잘난 척하지 않는 리쓰는 나 말고 다른 아이들과도 금방 허물없이 지낼 수 있을 만큼 성격이 싹싹한데도, 조용하고 얌전한 나를 왠지 모르게 마음에 들어 했다.

리쓰에게는 말하지 않았지만 나도 유일무이한 친구를 찾은 것 같아서 정말로 기뻤다. 순수한 내 모습 그대로 리쓰를 대할 수 있었고, 리쓰도 그런 나를 받아들여 주었으니까.

그러니 리쓰에게 상처를 주고 싶지도, 리쓰를 싫어하고 싶지도 않다.

리쓰가 나를 신뢰한다는 것도, 이 기분을 '질투'라는 단 두 글자로 요약할 수 있다는 것도 잘 안다.

하지만 아무래도 이런 생각이 머릿속을 떠나지 않는다.

만약 내가 리쓰처럼 예뻤다면? 가이토는 나를 선택해 주었을까…….

문득 고개를 들자 우연히도 가이토가 골을 넣은 참이었다.

멋지다는 생각에 가슴이 두근거렸을 때, 갑자기 부스럭, 하고 무언가가 스치는 소리가 났다. 나는 『마음』을 들어 얼굴을 가리고 책에 시선을 돌렸다.

뭘까, 편지 같은 것이 페이지 사이에서 떨어진 모양이다.

가느다란 갈색 괘선이 그어진 편지지에 무슨 글씨가 적혀 있었다. 나는 편지지를 조심스럽게 주워 들었다.

그 내용을 보고 나도 모르게 숨을 삼켰다.

덧붙여, 이 편지가 내 운명을 바꿀 줄은 상상도 못 했다.

아이하라 미즈키에게

네가 늘 눈에 밟혀서,

한 번이라도 좋으니 이야기해 보고 싶었어.

사토

제1장

비 갠 뒤의 멜랑콜리

"미즈키, 안녕!"

"우리 먼저 갈게."

오늘도 리쓰와 가이토는 함께 교실을 나섰다.

어차피 동아리 활동을 마치고도 함께 집에 돌아갈 텐데, 교실에서 본관 출입문까지 몇십 미터마저 굳이 함께 가야 할까 하는 생각이 머리를 스쳤다.

물론 그 짧은 시간 또한 연인인 두 사람에게는 소중한지도 모른다.

그러나 두 사람의 모습이 시야에서 사라지자 이런 생각도 내 머릿속에서 금세 사라졌다.

요 사흘간 정체 모를 종잇조각 한 장이 내 머릿속을 독차지하고 있기 때문이다.

나는 메모장만 한 크기의 편지지를 바라보며 도서실로 걸음을 옮겼다.

편지답게 '아이하라 미즈키에게'로 시작되는 첫머리. 다음으로 러브레터 같은 한 문장. 마지막에 '사토'라는 이름.

"으음……."

나는 복도에서 혼자 앓는 소리를 냈다.

다행히 주변에 아무도 없어서 관심받지 않고 넘어갔다.

도서실의 묵직한 문을 열고 들어가자 냉방으로 서늘해진 공기가 살갗에 닿았다. 동시에 편지지가 팔락거렸다.

나는 창가의 특등석에 앉았다.

책상을 비추는 따스한 석양이 편지지를 부드럽게 물들였다.

아이하라 미즈키, 내 이름이다.

요컨대 『마음』에 끼워져 있던, 러브레터로 추정되는 편지는 바로 내게 보낸 것이다.

평소 가이토 말고 다른 남자애들과는 거의 대화를 나누지 않는다. 당연히 고백을 받아본 적도 없다. 그렇게 평소에 연애와는 인연이 없는 내가 '늘 눈에 밟혔다'고 했고, '한 번이라도 좋으니 이야기해 보고 싶었다'고 내게 말했다. 단박에 믿기는 힘든 이야기다.

게다가 문제는 '사토'라는 사람이 누군지 짚이는 구석이 전혀 없다는 점이다.

누구일까. '사토'는 흔한 성씨지만, 1학년 때 우리 반에는 그

성을 가진 아이가 없었다. 이 '사토'라는 사람과 분명 어디선가 접촉했을 것이다 싶어서 기억을 더듬어보았지만, 그럴 법한 사람이 전혀 떠오르지 않았다.

나는 고민에 고민을 거듭하며 사흘을 보냈다.

"……."

그건 그렇고 이 편지를 보면 기분이 묘해진다.

내게 연애 경험이 없어서 더 그렇겠지만, 이렇게 러브레터 같은 내용의 편지를 받으니 가슴이 마구 두근거렸다. 리쓰처럼 존재감 넘치는 친구가 늘 곁에 있다 보니 내게 흥미를 느낄 사람은 없을 거라고 체념했던 터라, 나만 봐주는 사람이 있다는 사실을 알게 된 것만으로도 인정받은 기분이었다.

검은색 볼펜으로 쓴 글씨에서는 진지함과 성실함이 배어나, 아주 공들여 편지를 썼다는 것이 잘 전해졌다.

사토는 대체 어떤 사람일까.

열심히 기억을 돌이켜 봐도, 고등학교에 와서 알게 된 남자애 중에 사토라는 아이는 없다.

당연한 건지도 모른다. 편지 내용으로 보건대, 사토는 나와 이야기해 본 적이 없는 듯하다. '한 번이라도 좋으니 이야기해 보고 싶었어'라고 했으니까……. 그나저나 왜 과거형일까? 그 의문이 떠오른 순간 나는 깜짝 놀라고 말았다.

이 편지는 도서실에서 내가 늘 앞에 펼쳐두는 나쓰메 소세키의 『마음』에 들어 있었다. 즉, 사토는 내가 방과 후마다 도서실에서 『마음』을 들고 앉아 있다는 걸 안다.

반사적으로 주변을 두리번거렸다. 여기 있는 사람들 중에 사토가 있을지도 모른다. 내가 앉아 있는 창가 자리에서 보이는 사람은 여덟. 그중에 남자는 둘이지만, 둘 다 책에 몰입해 있어 이쪽에는 눈길도 주지 않는다. 만약 내 반응이 궁금하다면 사토가 힐끗힐끗 쳐다보지 않을까?

그럼 사토는 벌써 가고 없는 걸까.

내가 『마음』을 골랐을 때 이미 편지가 들어 있었으니까, 수업이 다 끝나기 전에 넣었을 가능성도 충분하다.

내가 방과 후에 이 책을 읽는다는 걸 어떻게 알고서 사흘 전에 도서실에 들렀던 걸까.

편지, 읽었어.

2학년 2반 아이하라 미즈키한테 보낸 거 맞아?

내가 아는 사람 중에

이름이 사토인 사람은 생각이 안 나서…….

미안해.

그리고 도서실 책에 끼워두면

다른 사람이 볼지도 몰라.

답장을 보낸다면

신발장에 넣어두거나 직접 주면 좋을 것 같아.

좋아, 됐다.

쪽지를 햇빛 쪽으로 들어 올리자 손가락의 윤곽이 비쳤다.

모를 때는 모른다고 솔직하게 말하는 편이 낫다. 편지를 오랜만에 써서 문장이 조금 딱딱한 것 같았지만, 하고 싶은 말은 다 썼다.

그러나 사토가 내게 직접 답장을 가져다줄 것 같지는 않았다. 내가 쓴 마지막 문장에는 도박의 측면이 있었다.

내게 직접 건네줄 정도라면 애초에 곧장 들고 왔을 것이다. 용기가 없는 건지 부끄러운 건지 이유는 모르겠지만, 매일같이 내가 읽는 『마음』에 편지를 끼워놓는 방법으로 내게 편지를 전했으니 사토는 분명히 적극적으로 들이대는 성격은 아닐 것 같았다.

아마도 내일이 지나면 답장은 신발장에 들어 있을 가능성이 높다. 나는 그렇게 예상하고 『마음』의 적당한 페이지에 쪽지를 끼웠다.

○ ○ ○

　내 예상은 완전히 빗나갔다.

　"어, 어째서지⋯⋯."

　다음 날, 사토는 편지를 직접 가져오지도, 신발장에 넣어두
지도 않고 또 『마음』의 페이지 사이에 끼워놓았다.

　설마 답장을 해줄 줄은 몰랐어.

　믿기지가 않네.

　그래도 기쁘다.

　이 편지, 언제 받았어?

　교과서에 실려 있는 작품을

　굳이 도서실에서 찾아 읽으려는 사람은 없을걸.

　첫 번째 편지와 똑같이 갈색 괘선이 그어진 편지지에 여자
인 내 것보다 예뻐 보이는 글씨가 적혀 있었다.

　놀랐다. 사토, 조심성이 너무 없잖아.

　아무도 읽지 않을 만한 책이라고 해도, 일단 도서실 책이니
까 다른 사람이 꺼내 갈 가능성은 충분히 있다. 그걸 어제 똑똑
히 전달했다고 생각했지만, 사토는 이해해 줄 의향이 없는 모

양이다.

나는 머리를 꽉 감싸 안았다.

아침에 본관 출입문에서 신발 갈아 신을 때, 체육 수업 받으러 운동장에 나갈 때, 긴장했던 거 책임져. 직접 주러 오지는 않을 거라 생각하긴 했지만 복도를 힐끔힐끔했던 것도 책임지란 말이야.

운동장에서는 가이토가 패스를 받아 드리블을 하고 있었다.

거리가 꽤 먼데도 가이토의 진지한 표정과 땀을 닦는 모습이 눈에 들어와서 심장이 요동쳤다. 내 눈에만 그런 게 아니라, 가이토는 객관적으로도 정말 멋있다.

가이토는 나이를 먹으면서 오랫동안 친하게 지냈던 나조차 본 적 없는 얼굴을 가끔 보여주곤 했다. 가이토와 리쓰가 사귀기 전, 복도에서 둘이 이야기를 나누다가 가이토가 수줍어하던 표정도 내 머릿속에 인상 깊게 새겨져 있다.

아무튼 지금은 사토에게 뭐라고 답장을 쓸지 생각해야 한다. 아니, 답장을 써야 할 의무는 어디에도 없지만, 무시하려니 어쩐지 마음이 편치 않다.

나는 고지식하다는 말을 자주 듣는다.

뭔가를 받으면 모자라지 않게, 또는 그 이상으로 돌려주고 싶어 하고, 지시받은 일은 최대한 완벽하게 해내고 싶어 한다.

분명 그래서 사토의 편지를 의뭉스럽게 여기면서도 완전히 무시하지는 못하는 거겠지.

리쓰와 가이토는 종종 이런 내 성격을 어이없어하지만, 이게 나니까 어쩔 수 없다.

요즘은 그 성격에 비뚤어진 마음이 더해져서, 나 스스로 성가신 일을 더 키우는 것 같은 기분도 든다.

나는 쪽지를 한 장 떼어낸 다음 펜을 들었다.

사토가 누구인지, 왜 내가 눈에 밟히는지, 빨리 알고 싶다는 일념으로 펜을 바삐 움직였다.

편지는 나흘 전에 도서실에서 받았어.

사토는 몇 반이야? 성 말고 이름은 뭐야?

어디서 날 알게 됐어?

질문 공세를 퍼부어 버렸다. 묻고 싶은 걸 한 번에 너무 많이 썼다.

나는 쪽지를 『마음』에 끼우고 도서실 입구에서 가까운 서가로 향했다. 그러고는 책을 원래 있던 자리에 꽂은 뒤 잠시 멈춰 섰다.

음, 좀 더 안쪽에 꽂아두자.

나는 『마음』을 다른 책과 나란히 꽂지 않고 일부러 책장 안쪽으로 쑥 밀어 넣었다.

이제 다른 사람에게는 책등이 보이지 않는다. 이왕이면 다른 곳에 숨길까도 싶었지만, 그러면 사토가 다음에 편지를 줄 때 난감해질 테니 참았다.

"……아."

이 책, 재미있어 보이네.

내 눈에 띈 것은 《만들어 보자! 말차 디저트》라는 제목의 A4용지 크기 잡지였다.

도서실 대출 카운터 앞에 설치된 특별 코너에는 도서위원이 추천하는 책이 몇 권 진열돼 있다. 온통 문고본뿐이라 사진이 박힌 큼지막한 잡지는 한층 돋보였다.

내 입으로 말하기는 뭣 하지만, 난 겉보기와 달리 이른바 여성스러운 취미를 좋아한다.

요리와 과자 만드는 게 취미고, 자수나 뜨개질, 재봉도 좋아한다.

하지만 리쓰와 친해지면서 사람들 앞에서 내게 그런 취미가 있다는 말을 하기가 힘들어졌다. 예쁜 이미지는 리쓰의 몫이라는 생각이 나도 모르게 싹텄나 보다. 얼굴도 성격도 예쁜 리쓰라면 여성스러운 취미를 가져도 이상하게 보지 않을 테니 부럽다. 이제는 누군가가 내 취미를 알아줬으면 하는 생각도 들지 않는다.

페이지를 팔락팔락 넘기자 맛있어 보이는 디저트가 차례차례 등장했다.

말차의 진한 녹색이 온종일 수업을 받느라 피폐해진 뇌를 자극해 군침이 돌았다.

말차 디저트를 만드는 과정이 간단하고 쉬워 보이길래 잡지를 빌리려고 대출 카운터로 향했다. 나는 칸칸이 나누어진 선반에서 내 대출 카드를 꺼내 도서위원에게 책을 건넸다.

"부탁드릴게요."

"네, 대출 기한은 2주이니 엄수해 주세요."

남학생 도서위원은 익숙한 손놀림으로 바코드를 찍은 뒤 퉁명스럽게 책을 내밀었다.

으아, 무뚝뚝해라. 편의점이나 음식점 직원이 이렇게 손님을 대하면 분명 인상이 좋지 않겠지.

약간 겁먹은 태도로 잡지책을 받았는데, 잡지의 페이지 사이에 2주 뒤의 날짜가 적힌 길쭉한 종이가 끼워져 있었다. 나는 반납하는 걸 깜빡하지 말자고 머릿속으로 다짐했다.

혹시 사토가 이 장면을 보고 있는 건 아닐까. 흠칫해서 뒤를 돌아보았지만 누구와도 눈이 마주치지 않았다.

오늘도 사토의 정체는 알아내지 못했지만, 분명 다음번에는 밝혀지겠지.

나는 그렇게 믿어 의심치 않았다.

∘ ∘ ∘

주말이 끝나고 우울한 일주일이 시작됐다. 아침저녁으로는 기온이 낮아졌지만, 한낮에는 아직도 뜨뜻한 기운이 감돈다.

여름과 가을이 반씩 섞인 듯한 냄새가 코를 스쳤다. 8월과는 달리 시원한 바람이 복도를 스쳐 지나가며 피부를 다정하게 어루만졌다.

"이동 수업 짜증 나. 게다가 화학 관련 영상 보는 거잖아? 분명 잠들고 말걸."

"리쓰는 화학 싫어하더라. 이해하면 제법 재미있는데."

"공부 머리 좋은 거 진짜 부러워, 미즈키, 네 아이큐 좀 나눠 주라~"

오전에 있는 기초 화학 시간에는 시청각실에서 영상을 볼 때가 많다. 나는 화학 과목 자체는 비교적 좋아하지만, 리쓰 말대로 영상을 보는 건 꽤 지루하다. 영상을 보기 위해 이동해야 하는 것도 귀찮다.

"그런 말 하기 전에 일단 공부를 열심히 해보라고."

"눼에……."

내 대답에 리쓰는 과장되게 낙담한 척하며 양손을 들어 올렸다.

노력부터 하고 나서 푸념하지, 라는 생각도 들었지만 리쓰가 공부를 하지 않아서 그렇지 나름대로 공부 시간을 확보하면 학업 능력은 따라오는 편이었다. 리쓰는 원체 요령이 있으니, 의욕만 있으면 성적은 금방 오르지 않을까 싶었다.

"저기 좀 봐."

리쓰가 갑자기 목소리를 낮추어 귓속말을 했다.

리쓰의 시선을 따라가자, 벌써 3교시이건만 백팩을 메고 슬렁슬렁 걸어오는 남학생이 보였다. 그야말로 몹시 눈에 띄는 외모라서, 복도를 지나가는 사람은 반드시 다시 한번 쳐다볼 수밖에 없다.

"스기우라다."

그의 이름은 스기우라 도마.

우리는 같은 2학년이지만 반이 달라서 접점은 없다.

하지만 저쪽이 나를 모르더라도 나는 저쪽을 잘 안다. 그렇다기보다, 우리 학교에서 저 애를 모르는 사람은 없다. 스기우라는 이른바 '문제아'니까.

매일같이 지각하고, 누구와도 어울리지 않는 외로운 늑대 타입. 지각하는 이유에 대해서는 이러니저러니 소문이 많지만, 약물을 하다가 그 영향으로 수면장애가 생겼다는 설이 지금으로서는 제일 유력하다나. 진실인지 아닌지는 제쳐두고 별의별 소문을 다 달고 다니는 학생이다.

스기우라가 주목받는 건 너무 잘생긴 외모 때문이기도 하다.

햇빛을 받아 한층 빛나는 벌꿀색 머리카락이 조각 같은 얼굴을 더욱 부각시켰다. 콧대는 곧게 뻗어 있고, 아름다운 눈에는 빨려 들어갈 것만 같은 빛이 깃들어 있다. 모델인가 싶을 만큼 옷태가 좋고, 운동과 관련된 동아리 활동을 하지 않는데도 탄탄한 근육질 몸에는 우리 또래라고는 믿기지 않는 섹시함이 감돈다.

스기우라에게 직접 다가가지는 않는 것 같지만, 그 애에게는 분명 숨은 팬들이 있다. 완벽한 외모에 더해 범접하지 못할 압도적인 분위기를 동경하는 건 이해 못 할 바도 아니다. 어떤 여자애들은 타인과 거리를 두는 묘하게 어른 같은 분위기에 오히려 호감을 느낀다고 했다.

하지만 나는 절대로 엮이고 싶지 않다.

"난 저런 사람 왠지 무서워……."

"엥, 그치만 엄청 멋있잖아~"

멋있다고? 그 말을 듣고 나도 모르게 리쓰의 얼굴을 빤히 들여다보았다.

앞에서 당당하게 걸어오는 스기우라는 분명 잘생긴 외모를 타고났지만, 전혀 매력적으로 느껴지지 않는다.

아니, 네 남자친구가 훨씬 멋있는데……. 나는 속으로 이런 말을 곱씹다가 멀리서 다가오는 스기우라를 시야 끝으로 보면서 물었다.

"리쓰, 스기우라 같은 스타일 좋아해?"

옆에서 리쓰가 마치 사랑에 빠진 듯한 표정을 짓고 있길래, 내 입에서 무심코 조금 딱딱한 말투가 튀어나왔다. 아닌 게 아니라, 내 말투는 그냥 물어본 게 아니라 그건 말도 안 된다고 부정하는 것 같았다.

"취향이라기보다, 저렇게 잘생기고 멋진 남자가 또 어디 있어! 내가 만약 솔로일 때 고백받았다면 분명히 사귀었을걸."

"……뭐?"

"거절하는 사람이 있긴 있을까? 뭐, 스기우라 정도면 그냥 멀찍이서 바라보는 것만으로 만족할지도~ 뭐랄까, 너무 멋있으면 다가가기가 좀 어렵잖아."

리쓰의 말에 울컥 화가 치밀었다. 내 심장이 뛰는 소리가 고막 안쪽에서 귀를 막고 싶어질 만큼 크게 울렸다.

애는 남자친구 가이토가 있는데 지금 무슨 소릴 하는 거지.

그것도 모자라서 가이토가 없었다면 사귀었을 거라고? ……
믿기지가 않네.

한결같이 가이토만 좋아하는 내가 바보처럼 느껴졌다. 물론
리쓰의 무신경에도 화가 났지만, 그보다 가이토에게 선택받은
리쓰가 사람을 겉모습으로만 판단하는 듯한 말을 했다는 데
낙담했다. 결국 리쓰도 가이토의 겉모습에 끌렸다는 건가. 난
가이토의 상냥함과 성실함을 누구보다도 잘 이해하고, 그 부분
을 좋아하는데.

그렇게 말할 거면 나한테 양보하라고, 속으로 소리쳤다.

일단 잘생기기만 하면 스기우라든 다른 남자든 가이토가 아
니어도 상관없는 건가. 그렇담 가이토만 바라봐 온 내게…….

"아이, 지금 미즈키 표정 무서워! 왜 그래?"

리쓰가 내 얼굴을 들여다보더니 약간 걱정스러운 표정으로
눈꼬리를 축 내렸다.

"……하하, 미안."

나는 희미하게 웃으면서도 어찌할 수 없는 안타까움에 시달
렸다.

시끄럽게 쿵쿵 뛰는 심장은 진정시키려고 할수록 더 빨리
뛰었고, 가슴에 굵은 못이 박히는 듯한 고통이 덮쳐왔다.

"괜찮아? 미즈키가 기운 없으면 나 걱정돼~ 무슨 일 있으면 나한테 바로 말하기다?"

"⋯⋯응, 알았어. 괜찮아. 고마워."

뭐라고 표현할 수 없을 만큼 괴롭다. 분노인지 충격인지, 슬픔인지 실망인지, 엉망진창으로 뒤엉킨 마음이 가슴속에서 소용돌이친다. 나는 최대한 감정이 겉으로 드러나지 않도록 빠른 말투로 대답했다.

언제부터일까. 리쓰에게 말할 수 없는 불만을 품게 된 건. 이야기를 나누는 것만으로도 기운이 나고, 시시한 일로도 함께 웃을 수 있던 날들이 아득히 먼 옛날처럼 느껴졌다.

리쓰와 나는 더 이상 단짝이라고 볼 수 없을지도 모른다. 우리 관계는 벌써 속에서부터 무너졌는지도 모른다.

그런 복잡한 기분으로 앞을 보다가 지나쳐 가는 스기우라와 눈이 마주쳤다.

○ ○ ○

역시 날 기억할 리 없겠지?

몇 반인지도 모르고 얼굴도 모르는 상대라니,

무섭겠다. 미안해.

그렇지만 아직 아이하라를 만날 용기가 나질 않아서

가르쳐 줄 수 없어.

그래도 너와 이야기하고 싶고, 너에 대해 더 알고 싶어.

제멋대로라는 건 잘 알아.

그래도 지금처럼 책을 통해 편지를 주고받을 수 없을까?

부탁이야.

그날도 방과 후 도서실에 가보니 『마음』에 편지가 끼워져 있었다.

편지를 본 순간, '참 이기적이네'라는 생각이 들었다.

사토는 나에 대해 이것저것 알고 있는 것 같지만, 나는 사토에 대해 아무것도 모른다. '사토'라는 성씨 외에는 정말로 아는 게 없다.

하지만 사토는 '가르쳐줄 수 없다'며 자신의 정체를 밝히기를 거부했다. 용기가 나질 않는다고 쓰긴 했지만, 이래서야 내가 눈에 밟힌다던 말도 곧이곧대로 믿기가 힘들다.

"······."

나는 조용히 편지지를 반으로 접어 가방에 넣었다.

안 그래도 리쓰 때문에 우울했던 터라 답장을 쓸 기분이 나지 않았다.

'날 기억할 리 없겠지'라니, 무슨 뜻일까……?

나는 창밖을 멍하니 바라보며 생각에 잠겼다. 내 고민 따위는 아무것도 아니라는 듯, 운동장에서는 동아리 활동을 하는 학생들이 훈련에 매진하고 있었다. 운동부는 힘든 훈련이 많으니 모두들 즐거워서 싱글벙글하다고 볼 수 없지만, 그래도 내 눈에 그들은 생기가 넘쳤다.

나는 분명 옛날에 사토와 만난 적이 있다. 아니라면 사토가 눈에 밟힌다는 표현을 썼을 리 없고, 애당초 내 존재를 인식하지도 못했을 테니까.

우리의 만남은, 내게는 사소한 일이었고 사토에게는 기억에 뚜렷하게 남을 정도로 중요한 일이었는지도 모른다. 그래서 내가 싹 잊어버렸는데도 사토는 내게 편지를 보냈다. 그만큼 각자가 받은 인상이 서로 다른 만남이었다고 가정하면 앞뒤가 맞는다.

역시 언제 사토를 만났는지 전혀 생각날 것 같지 않았기에 포기하기로 했다.

어떤 사람에게든 가능한 한 진심을 다하고 싶지만, 그것도 때와 형편에 달려 있다. 물론 내게 주어지는 일이나 정해지는 역할은 잘 해내고 싶고, 어중간하게 내팽개치기는 싫다. 어떻게든 끝까지 잘 마무리하고 싶다. 하지만 이 편지를 주고받는 것은 그런 마음과는 별개의 문제로, 쌍방의 의사가 있어야 비로소 성립되는 법이다.

내가 평소에 고지식하게 행동하는 건 무엇보다 나 자신을 위해서, 나에게 관대해지고 싶지 않은 마음 때문이지, 누군가에게 도움이 되고 싶어서나 누군가를 위하는 마음 때문이 아니다. 그러니 사토에게는 미안하지만 내가 답장을 해야 할 의무나 이유는 어디에도 없는 데다, 그를 위해서 편지를 써주자는 쪽으로 마음이 움직이지도 않았다.

이제는 답장을 안 해도 상관없겠지.

나는 볼펜으로 꾹꾹 눌러 쓴 '부탁이야'라는 마지막 구절을 못 본 걸로 하기로 했다.

○ ○ ○

이른 아침부터 하늘을 뒤덮은 두툼한 구름에서 차가운 비가 주룩주룩 쏟아졌다. 지금까지 남아 있던 무더위가 단번에 물러가고, 주변을 채운 공기는 본격적인 가을을 맞이한 듯 시원해졌다. 그야말로 내 기분처럼 칙칙한 날씨다.

평소보다 어두침침한 교실에서는 학생들이 형광등 불빛에 의지해 하교할 준비를 하고 있었다.

"이거 가이토가 좋아할까?"

리쓰가 조그마한 쇼핑백을 치켜들며 말했다.

"응, 가이토는 뭐든지 좋아해 줄 거야."

"그랬으면 좋겠다."

오늘은 가이토의 생일이다. 선물로 뭘 골랐는지 물어볼 생각은 없었지만, 리쓰는 등교하자마자 내게 알려주었다. 결국 스포츠 시계를 샀다고 한다. 주말에 사쿠라와 마이가 선물 고르는 걸 도와주려고 리쓰와 함께했다는데, 지난번에 엇갈렸던 두 사람의 의견을 모두 포용한 물건을 잘 골랐구나 싶었다.

"리쓰, 동아리 활동 하러 가자."

"가이토! 응, 가자~"

가이토가 교실 뒷문에 가까운 내 자리까지 다가오자 리쓰는 곧바로 달려갔다.

리쓰는 가이토와 동아리 활동을 하러 가는 게 정해진 일과면서, 왜 늘 가이토의 자리로 바로 가지 않고 굳이 내 자리로 와서 말을 붙이는 걸까? 자연히 가이토마저 내 자리로 찾아오게 되니까 기쁘기도 하고 착잡하기도 하다.

"가이토…… 생일 축하해."

얼굴까지 봐놓고 아무 말도 하지 않는 건 이상해서 나는 조심스레 말했다. 어릴 적부터 생일날이면 매번 서로 축하 인사를 건네던 사이라, 언급하지 않으면 오히려 부자연스럽다.

"고마워. 안 까먹었네."

"당연하지."

가이토의 환한 웃음을 보고 싱숭생숭해진 마음을 감추기 위해 나는 그만 퉁명스럽게 대답하고 말았다.

"나도 안 까먹었어. 네 생일, 7월 23일이잖아."

"응…….'

가슴이 철렁 내려앉았다. 가이토도 기억하고 있구나. 분명 나만 기억하는 줄 알았기에, 가이토가 내 생일을 단번에 말하자 마음속에 따스함이 번져나갔다.

"아, 그럼 따지자면 미즈키가 연상인가. 나보다 누나였네."

"무슨 소리야……!"

나는 뺨을 잔뜩 부풀리며 기분 상한 척했지만, 가끔 가이토의 어린애 같은 면을 보면 내게는 마음을 터놓는 것 같아서 기쁘다.

"갈게."

"미즈키, 바이바이!"

"내일 봐."

살짝 손을 흔들고 멀어지는 두 사람의 뒷모습을 바라보았다. 가이토에게 생일 축하한다고 말하길 잘했다. 이런 하잘것없는 대화도 내게는 소중한 시간이라, 가슴이 금방 벅차오른다.

평소 나무랄 데 없던 리쓰의 웃는 표정에도 지금은 조금 어색함이 어린 것 같았다. 생일 선물을 주는 임무를 곧 수행해야 해서 분명 긴장했겠지.

운동장 바닥에 물이 많이 고여서 오늘 축구부는 체육관에서 훈련할 것이다. 그렇다면 오늘은 나도 도서관에 갈 이유가 없다. 어쩔 수 없이 오늘은 이만 집에 갈 생각으로 가방을 챙겨 교실을 나섰다.

사토에게는 벌써 일주일이나 답장을 하지 않았다.

누군지도 모르는 사람을 위해 내 시간을 쓰는 게 맞나 싶었고, 답장을 재촉하는 편지도 끼워져 있지 않았기에 이대로 편지 교환을 끝낼 생각이었다.

"어……."

본관 출입문으로 향하는 도중에 가방에 손을 넣어 접이식 우산을 찾았는데, 가방 속 어디에도 없었다. 분명히 오늘 아침에 집을 나설 때 가방에 우산을 넣은 기억이 있다. 어쩌면 교과서나 노트와 함께 책상 서랍 속에 넣었는지도 모른다. 아니, 거기밖에 없다.

계단을 다 내려와 이미 출입문이 보였지만, 나는 교실로 돌아가기로 했다. 습기를 머금은 복도를 걸을 때마다 실내화에서

찍찍 소리가 났다.

교실에 도착하자 뒷문이 활짝 열려 있었다. 나는 아무 생각 없이 들어가려다 당황해서 걸음을 딱 멈췄다. 어쩐지 좋지 않은 예감이 온몸을 휘감았다.

"미즈키짱, 좀 깨지 않아? 아까 말하는 거 들었어?"

나는 무심코 숨을 멈추고 얼른 문 뒤로 몸을 숨겼다.

방금 미즈키짱이라고 했다.

"이치노세 앞에서 끼 부리는 거 말이지? 저번에도 그랬지만 들떠 있는 거 다 티 나."

뭐?

단번에 심장 박동이 빨라졌다. 심장이 쿵쿵 날뛰며 목구멍까지 올라올 것처럼 묵직한 통증이 느껴졌다.

"우리나 다른 여자애들이랑 이야기할 때랑은 태도가 완전 다르잖아. 잘생긴 남자애랑 대화하니까 좋아 죽겠다 이거지."

문 하나를 사이에 두고 들려오는 두 사람의 목소리. 분명 사쿠라와 마이다.

내 심장 소리는 여전히 귓속에 울려 퍼지고 있다. 나는 괴로운 나머지 양손으로 가슴을 꽉 눌렀다. 처음에는 혼란스러워서 무슨 상황인지 파악하지 못했지만, 둘이 내 험담을 하고 있다는 게 서서히 이해됐다.

이마에 식은땀이 배어나고 숨이 멎을 것만 같았다.

날 그렇게 생각하고 있었구나.

"릿짱이 없으면 이치노세랑 아는 척도 못 했을 거면서. 미즈키짱, 이치노세를 은근히 짝사랑하는 거 아니야?"

아니다. 두 사람의 말은 틀렸다. 분명 가이토랑 이야기하는 건 기쁘고 들뜨는 일이며, 내가 가이토를 짝사랑하고 있는 것도 사실이다. 그건 인정하지만 리쓰 덕분에 내가 가이토와 가까워진 건 아니다.

오히려 내가 먼저였다. 내가 가이토와 소꿉친구라, 내 덕분에 리쓰는 가이토와 만날 수 있었다.

그걸 직접 말할 수 없어서 안타까웠다. 두 사람이 오해하는 게 속상했다. 나는 예상치 못한 험담을 듣고 평정심이 무너져서 그 자리에 멍하니 서 있었다.

나와 가이토가 소꿉친구라는 사실을 안들 나에 대한 두 사람의 인상이 달라질 것 같지는 않았고, 내가 굳이 오해를 풀기 위해 나서는 것도 바보 같은 짓이라는 생각이 들었다. 애초에 내 성격이 두 사람의 눈에 거슬리는 거니까 내가 뭘 어떻게 해도 소용없을 것이다.

왜 이다지도 안 풀리는 걸까. 나를 둘러싼 일들이 전부 누가 계획한 게 아닐까 싶을 만큼 나빠져 간다. 모든 게 싫어져서 죄다 내던지고 싶다.

나는 주변의 잡음이 차단되는 절망의 세계에 빠져 있다가, 사쿠라의 "이만 갈까?"라는 목소리에 겨우 정신을 차렸다.

빨리 가야 한다. 마주치기라도 하면 난감하다.

납덩이처럼 무거워진 다리를 간신히 움직여 내가 왔던 곳과는 반대 방향으로 달렸다. 내 다리가 저절로 마음을 안정시킬 장소를 찾는 건지도 모른다.

"헉…… 헉……."

숨이 찬 건 달리고 있기 때문이다. 시야가 흐릿해지자 왠지 한층 서글퍼져 목이 꽉 메면서 숨이 더 가빠졌다.

복도 쪽으로 튀어나온 '도서실'이라는 팻말이 드디어 눈에 들어오자 이유도 없이 안심이 됐다.

나는 도서실 문 앞에 멈춰 서서 잠시 숨을 골랐다. 문득 사쿠라와 마이의 말이 다시 떠올라, 감정의 댐이 무너질 것 같은 기분에 휩싸였다.

조용히 도서실 문을 열자 반가운 책 냄새가 확 풍겨서 또 다른 의미로 울 뻔했다. 나를 반겨주는 곳은 여기, 도서실뿐이다.

입구에 가까운 서가에서 『마음』을 꺼내 페이지를 팔락 넘겨보았다.

사토의 편지는 어디에도 없었다. 내가 답장하지 않은 게 이유겠지. 답장을 재촉하지 않는다는 점에서 사토의 됨됨이가 느껴졌다. 어쩌면 내게 그렇게까지는 마음이 없는지도 모르지만.

나는 책을 들고 늘 앉는 창가 자리로 갔다.

큰 창문 밖으로 물웅덩이가 생긴 한산한 운동장이 보였다. 비를 뿌리는 잿빛 하늘 아래에서 훈련을 하는 동아리는 역시 없었고, 동쪽에 있는 체육관에서 새어 나오는 따뜻한 불빛이 눈길을 끌었다. 투둑투둑, 규칙적인 소리를 내는 빗방울이 물웅덩이에 떨어져서 존재감을 드러냈다.

콧속이 찡하니 아픈가 싶더니 눈에 천천히 눈물이 차올라, 빗방울이 굵어져서 그런 거라고 착각할 수도 있을 만큼 시야가 흐려졌다.

울고 싶지 않았지만, 억누르고 있던 감정이 폭발하자 어떻게 할 수가 없었다.

나와 가이토가 어떤 사이인지도 모르면서 억측만 가지고 내험담을 하는 건 당연히 속상하지만, 지금 이렇게까지 내 마음이 아픈 건 두 사람의 말에 내가 충격받았다는 사실 그 자체 때문이다.

누구나 타인이 자신을 좋게 여기지 않는다는 걸 알면 상처를 받는 법이다. 인간이니까 사랑받으면 당연히 기쁘고 미움받으면 당연히 슬프다.

나도 리쓰처럼 누구에게나 사랑받고 싶다. 아무리 노력해도 외모는 바꿀 수 없으니, 하다못해 성격만이라도 바뀌었으면 좋겠다.

하지만 그것 역시 너무나 어려운 일이라 불가능에 가깝다는 걸 깨닫는다. 나는 어떤 면으로도 리쓰를 따라갈 수 없다.

사토는 이런 나의 어디가 좋았을까? 모든 면에서 완벽한 여자애가 바로 내 옆에 있는데, 왜 나였을까?

나는 어느덧 메모장과 필통을 꺼내고 있었다.

볼펜을 쥐고 고개를 숙이자 눈에 고여 있던 눈물이 쪽지에 똑 떨어져 잉크 얼룩이 생겼다.

처음에는 편지에 "네가 늘 눈에 밟혀서, 한 번이라도 좋으니 이야기해 보고 싶었어"라고 적혀 있었고, 내 답장을 받은 뒤에는 "기쁘다"고, 눈부실 만큼 마음을 솔직하게 표현한 말이 담겨 있었다.

하지만 그때까지보다도 훨씬 더 공들인 글씨체로 "부디 지금처럼 책을 통해 편지를 주고받을 수 없을까? 부탁이야"라고 적은 사토의 편지를 나는 내 잣대에 따라 판단하고 외면했다. 지금도 나는 눈물 날 만큼 상처받았기 때문에 사토에게 의지하려고 편지를 쓰고 있다.

그럼에도 불구하고 이런 내가 좋다고 말해준다면— 그런 심정으로, 일주일 만에 답장을 썼다.

왜 나야?

날 안다면, 내가 아주 예쁜 친구와

늘 함께 다닌다는 것도 물론 알 테지?

그런데도 좋은 점이라고는 하나 없는 내가

눈에 밟힌다니,

솔직히 믿기지 않아.

○ ○ ○

딩동댕동.

다음 날, 모든 수업이 끝났음을 알리는 종소리가 울리자마자 나는 교실을 나섰다. 리쓰에게는 급한 일이 있다고 미리 말해 두었다.

사토가 뭐라고 답장했을지 너무 궁금했다. 하지만 내가 일주일이나 편지를 보내지 않았으니 곧바로 내 편지를 봤으리라는 보장은 없다. 과한 기대는 하지 않기로 마음먹고 수업이 끝나기를 기다렸다. 사쿠라와 마이가 내가 어제 자기들 때문에 상처받은 줄도 모르고 천연덕스러운 얼굴로 나를 대해서 마음이 더 복잡했다.

도서실에 도착해 서가에서 『마음』을 뽑았다.

편지는 안 들어 있다, 하루 만에 답장이 올 리 없다……. 그렇게 생각하면서도 마음 한구석으로는 혹시…… 하는 희망을 버리지 못했다.

책을 차라락 넘기자 어느 부분에서 이질감이 느껴졌다. 거기에 편지지 한 장이 끼워져 있었다.

너만의 좋은 점이 있어.

적어도 난 그걸 알아.

무슨 일 있었어?

나도 모르게 손으로 입을 틀어막았다. 가슴이 꽉 붙잡힌 것처럼 아팠다.

고작 세 줄의 편지에 눈시울이 뜨거워져서 눈에 익숙한 편지지를 세게 움켜쥐자, 종이가 약간 구겨졌다.

짧은 문장 속에 사토의 따뜻함이 듬뿍 묻어나는 것 같았다.

사토는 나도 모르는 내 좋은 점을 알아봐 준다. 왜 지금까지 답장을 쓰지 않았는지 묻지도 않고 '무슨 일 있었어?' 하고 걱정해 준다. 보드랍게 감싸주는 그 다정함에 닫혀 있던 내 마음이 활짝 열리는 듯했다.

왠지 사토라면 내가 바라는 말을 해줄 것 같았다. 그리고 예상대로 사토의 말이 날 위로해 주었다.

가슴이 서서히 따스해지고, 이유도 없이 울고 싶어진다. 이런 감정은 이상하다. 어제처럼 슬퍼서 눈물이 나는 것도 아닌데.

아무래도 궁금하다. 사토는 대체 누구일까. 나의 좋은 점을 알아주는 이 사람은ㅡ.

내내 사이좋게 지냈던 친구가 미워질 것 같고,

삶 자체가 괴로운 일루성이라

요즘 모든 게 싫어졌었어.

걱정 끼쳐서 미안해. 이젠 괜찮아. 고마워.

그리고 여전히 누구인지 궁금해.

아직 못 알려줘?

누구에게도 털어놓을 수 없는 고민을, 사토에게는 주저 없이 밝힐 수 있다.

심각한 고민일수록 가까운 사람에게는 털어놓지 못하지만 나랑 관계가 없는 사람에게는 어느 정도 말할 수 있는 것과 마찬가지로, 사토에 대해 아무것도 모르니까 오히려 쉽게 털어놓을 수 있었는지도 모르겠다. 그렇다면 내가 마지막에 쓴 두 문장은 적당히 거리감이 있어서 좋은 이 관계를 스스로 망치는 것이 되지만, 사토가 누구인지 궁금한 마음도 크니까 어쩔 수 없었다.

책에 편지를 끼우고 나만의 특등석에 앉으며 나는 내 지난 행적을 돌이켜 보았다.

지금까지 내가 편지를 읽은 건 방과 후, 수업이 끝나고 시간이 조금 지나서다. 수업이 끝나면 내 자리로 오는 리쓰와 대화하는 게 정해진 일과이므로 애당초 도서실에 가는 시간 자체가 조금 늦다. 그런 나와 마주치지 않았으니 사토는 방과 후, 내가 오기 전에 책에 답장을 끼웠으리라고 믿어왔다.

하지만 수업이 끝나자마자 서둘러 도서실에 온 오늘도 사토와 마주치지 않았다. 즉, 내가 도서실에 오기 직전에 편지를 넣은 게 아닌 셈이다. 사토는 아무래도 내가 집에 돌아간 뒤나 내가 편지를 넣은 다음 날 수업이 완전히 끝나기 전에 편지를 끼워놓는 모양이다.

아무리 그래도 한 번도 마주치지 않다니, 새삼 대단하다고 생각했다. 내가 방과 후에 느긋하게 도서실에 오는 걸 안다고 한들, 갑자기 수업 사이 쉬는 시간에 도서실에 올 가능성도 있고, 도서실 운영 시간이 끝나기 직전까지 여기 앉아서 버틸지도 모르는 일이다. 그러면 어쩔 작정이었을까.

사토가 정체를 밝히기를 아무리 꺼린다 한들, 밝혀지는 건 시간문제일 듯했다. 어쩐지 사토는 자기가 누군지 아직은 직접 알려줄 것 같지 않았으므로, 다음에 이런저런 방법을 모색해보기로 결심했다.

"아이하라."

그때 갑자기 누가 내 이름을 불렀다. 나는 어깨를 움찔하며 재빨리 돌아보았다.

"놀라게 해서 미안하다."

아, 깜짝이야……! 심장 멎는 줄 알았네.

미안한 듯 얼굴 앞에 손을 마주 대고 서 있는 사람은 국어교사 고짱이었다. 고짱은 젊고 학생들과 사이도 좋아서 학생들끼리는 몰래 그렇게 부른다.

그나저나 정말 놀랐다. 도서실에서는 아는 사람과 마주칠 일이 거의 없고, 당연히 그동안 누가 말을 걸지도 않았으니까 대체 무슨 일인가 싶어 한순간 머릿속이 새하얘졌다.

"무슨 일이세요?"

"아이하라가 도서실에 있다니 웬일인가 싶어서. 왜, 현대문학 시간에는 아주 지루해 보였는데 말이야."

……비꼬는 건가? 나는 무심코 인상을 찌푸렸다.

확실히 고짱의 수업은, 아니 현대문학은 재미가 없다. 정답으로 인정되는 해석이 딱 하나뿐인 게 그야말로 주입식 교육이다 싶어 흥미가 생기지 않는다. 그래도 수업은 제대로 듣는다고 들었건만, 예리해 보이지 않는 고짱에게 뜻밖에 들통나 버렸다.

　"아니에요."

　"아이하라는 늘 성적이 좋으니까, 다음 시험도 기대할게."

　"감사합니다……."

　쓴웃음을 섞어 인사하자 고짱은 가벼운 발걸음으로 도서실을 나섰다.

　뭐지, 방금. 나는 여전히 어수선한 마음을 진정시키기 위해 창밖을 보았다.

　비가 내리던 어제와는 딴판으로 화창한 하늘 아래, 학생들이 열심히 동아리 활동을 하고 있다. 창유리 한 장을 사이에 두고 이쪽과 저쪽이 마치 다른 세계 같다. 그때 마침 땀방울을 흘리며 축구공을 드리블하는 가이토가 시야에 들어왔다. 손을 든 팀원에게 송곳 같은 패스를 날리고 땀을 닦는 모습은 파란색에서 오렌지색으로 변해가는 하늘에 더없이 잘 어울렸다.

　도서실에 있으면 마음이 편해진다. 원래는 가이토를 보기 위해 왔지만, 이제는 그뿐만이 아니라는 걸 깨달았다. 홀로 하늘을 바라보며, 조용하게 책 넘기는 소리를 듣는 것이 무엇보다 훌륭한 마음의 위안이었다.

그리고 사토와 주고받고 있는 편지도, 아직 의아한 구석이 남아 있기는 하지만 도서실에 오는 이유가 되어가고 있었다.

○ ○ ○

아이하라는 그 친구를 소중히 여기는구나.

마음을 전부 말하지 않아도 괜찮아.

1퍼센트라도 전달하려고 노력해 보면 어때?

미안해.

내가 누군지는 말할 수 없어.

◇◇◇

고마워.

다음에 기운 내서 꼭 전해볼게.

가르쳐 주지 않을 거라면,

내가 사토를 찾아봐도 괜찮을까?

"이것 좀 봐봐! 이 팬케이크, 엄청 맛있어 보여~"

"진짜네."

생크림과 베리소스를 듬뿍 뿌린 폭신폭신한 팬케이크 사진을 보여주는 리쓰에게, 나는 집에 갈 준비를 하며 맞장구를 쳤다. 사진 공유 앱에는 요즘 유행하는 디저트와 화장품 등이 차례차례 올라온다. 나도 계정은 있지만 귀여운 동물 사진 같은 걸 볼 때만 쓴다.

"그런데 가이토는 단 음식 별로 안 좋아하지 않아?"

"응? 아아, 가이토가 아니라 미즈키랑 가고 싶어서. 이런 거 싫어해?"

리쓰가 애원하듯 치켜뜬 눈으로 나를 쳐다보았다. 이런 표정을 아무렇지 않게 지을 수 있다니 부럽다. 내가 남자라면 무슨 부탁이라도 들어줄 것만 같다.

"싫은 건 아닌데……."

"그럼, 가는 거다? 예~! 기대돼!"

리쓰는 활짝 웃으며 스마트폰을 양손으로 꼭 잡았다.

사토 말대로 리쓰는 내게 소중하다. 그래서 어제 편지를 읽고 나도 모르게 눈이 휘둥그레졌다. 사토가 내 마음의 본질을 잘 이해해서 놀란 것이다. 고지식하고 재미없는 나를 순수하게 좋아해 주는 친구는 리쓰밖에 없다. 리쓰는 내게 잃고 싶지 않은 소중한 단짝이기에, 질투와 가시 돋친 감정을 품는 게 나 스스로도 괴로웠었다.

"마음을 전부 말하지 않아도 괜찮아. 1퍼센트라도 전달하려고 노력해 보면 어때?"라는 사토의 말이 떠올라 나는 숨을 들이마셨다.

"리쓰."

"응? 왜?"

내가 이름을 부르자 리쓰는 어리둥절한 표정으로 나와 눈을 맞추었다.

지금까지 내내 속으로만 이런저런 생각을 했을 뿐, 입 밖에 꺼낸 적은 없다. 하지만 그래서는 안 된다. 내 마음의 1퍼센트만이라도 전하지 않으면 나아지는 건 아무것도 없다. 리쓰를 좋아하는 마음을 잃었다고 말하는 건 그다음이다.

"가이토를…… 왜 좋아하게 됐어?"

"뭐? 갑자기 그런 건 왜 물어?"

아니나 다를까, 리쓰는 고개를 갸우뚱했다. 뜬금없는 질문이니 의아해하는 것도 당연하다.

"지난번에 스기우라를 보고 멋있다고 했잖아. 가이토도 외모가 마음에 들어서 좋아한 건가 싶어서…….”

리쓰는 화를 낼까? 아니면 그렇다고 천연덕스럽게 대답할까? 나는 그 두 가지 가능성을 염두에 두고 걱정스러운 마음으로 리쓰의 입에서 나올 대답을 기다렸다.

그러자 리쓰는 평소와 다름없는 목소리로 부드럽게 말했다.

“스기우라와 가이토는 별개지! 가이토도 얼굴은 잘생겼지만, 그뿐이라면 좋아하지는 않았을 거야. 가이토랑 대화를 해보니 재미있었어. 그리고…… 미즈키와 친하다면 분명 나쁜 애는 아니겠구나 싶었지.”

의외의 대답이 돌아와서 나는 깜짝 놀랐다.

처음 들었다. 리쓰가 가이토를 그런 식으로 생각했다는 걸 전혀 몰랐다.

“……그렇구나. 괜한 걸 물어봐서 미안해.”

내가 너무 심각하게는 들리지 않도록 사과하자 리쓰는 “아니야, 뭘 그런 걸 가지고”라며 웃었다.

어쩌면 리쓰에 대해 내 멋대로 단정했던 부분이 많은지도 모르겠다. 가이토를 좋아하는 마음이 남아 있는 탓에 리쓰에 대한 열등감과 질투심은 여전히 사라질 것 같지 않지만, 리쓰가 가이토를 선택한 이유만이라도 들을 수 있어서 다행이었다.

이것도 전부 사토가 등을 떠밀어준 덕분이다. 내 마음을 1퍼센트 전한 것만으로도 가슴속에 밝은 기분이 확 퍼져 나갔다.

° ° °

나는 후련한 기분으로 도서실에 가서 『마음』을 꺼냈다.

어제 편지를 받고 몇 반인지도 어떻게 생겼는지도 모르는 사토가 더욱 궁금해져서, 모 아니면 도라는 생각에 "내가 사토를 찾아봐도 괜찮을까?"라고 물어보았다. 분명 안 된다고 하겠지만……. 그렇게 생각하며 편지지를 들여다보았다가 소리를 지를 뻔했다.

찾아봐도 상관없지만, 못 찾을 거야.

우와……! 찾아봐도 되는구나.

편지 내용을 읽고 무심결에 입꼬리가 올라갔다.

하지만 사토는 절대 자신을 찾지 못할 거라고 자신하는 것 같다. 왜일까. 이유를 궁금해하면서도 나는 결의를 다졌다.

꼭 사토를 찾아낼 거야…….

그때부터 나의 '사토 찾기'가 시작됐다.

제2장

가을빛 미궁

쌀쌀한 가을바람이 불자 땅에 쌓인 낙엽이 둥실 떠올랐다. 복도에서 내려다보이는 중정에는 빨간색과 연노란색 낙엽으로 카펫이 깔려 있고, 구름 한 점 없는 하늘에는 빠져들 것 같은 푸른색이 한없이 넓게 펼쳐져 있다. 10월을 앞둔 오늘, 나도 가을에 대비해 긴소매 블레이저를 입었다. 도시락을 먹고 화장실에 다녀오다, 아름다운 가을 하늘에 그만 발길을 붙들렸다.

"미즈키."

"으악!"

그때 누가 내 어깨를 세게 탁 쳤다. 아무 기척도 없이 갑작스럽게 일어난 일이라 크게 소리를 지르고 말았다.

돌아보자 가이토였다.

"뭐야, 깜짝 놀랐잖아."

"네가 멍하니 밖을 보고 있길래. 깜짝 놀라게 하려고 했는데, 대성공이네."

"어휴, 심장 떨어지는 줄 알았네."

개구쟁이같이 웃는 가이토를 보고 있으니 심장 소리가 점점 커졌다. 화장실에서 나오다 우연히 날 본 모양인데, 곧장 말을 걸어주었다는 게 정말 행복하다.

하지만 가이토의 손목에 처음 보는 시계가 채워져 있는 걸 보자 단번에 현실로 되돌아왔다. 리쓰가 가이토에게 준 생일 선물이다. 바로 알 수 있다.

가이토는 나를 그저 어릴 적부터 알고 지낸 친구로 생각할 뿐이다. 이 애의 눈에는 리쓰밖에 보이지 않는다. 머리로는 알고 있었지만 문득 심장이 뜨끔하게 아팠다.

"어제 드라마 봤어?"

가이토의 스포츠 시계에 정신이 팔려 있는데, 갑자기 여자애들의 목소리가 들려서 초조해졌다. 마이의 목소리다.

예상대로 사쿠라와 마이가 여자 화장실에서 나왔다.

"미즈키? 왜 그래?"

"어, 아니, 아무것도 아니야."

사쿠라와 마이가 가이토의 등 뒤에 있어서 가이토는 내가 왜 그러는지 모르는 듯했다. 아니, 만약 두 사람을 보았더라도 내가 왜 동요하는지는 알 턱이 없다.

'우리나 다른 여자애들이랑 이야기할 때랑은 태도가 완전 다르잖아. 잘생긴 남자애랑 대화하니까 좋아 죽겠다 이거지'라던 말이 떠올라서 가슴이 꽉 조여드는 느낌이 되살아났다. 빨리 여기서 벗어나야 한다.

사쿠라와 마이 두 사람과 눈이 마주친 순간, 무정하게도 가이토가 뒤를 돌아보았다.

"저, 저기, 나 먼저 갈게."

"어차피 같은 반인데 같이 가면 되잖아."

가이토가 의아해하는 표정으로 쫓아오려고 했지만, 나는 지금만큼은 그러지 말기를 빌면서 거리를 두었다. 내가 가이토와 함께 있는 것만으로도 저 두 사람은 못마땅해할 테니까.

"들를 곳이 있어서, 갈게."

나는 빠른 말투로 겨우 가이토를 뿌리치고 교실 반대 방향으로 걸어갔다.

"야……!"

뒤에서 가이토의 당황스러워하는 목소리가 들렸지만, 모르는 척하고 성큼성큼 걸음을 옮겼다. 갈 곳도 없으면서 일단 도망부터 쳤지만, 기왕 이렇게 됐으니 도서실에 가보기로 했다.

지금까지는 방과 후에만 갔으니까, 점심시간에 가도 편지가 와 있는지 확인해 볼 기회다. 도서실은 매일 아침 사서 선생님이 문을 열고, 기본적으로 오후 6시까지 열려 있다. 사토는 그 사이 어느 시간대에 도서실에 가서 『마음』에 편지를 끼워두는 게 분명하다.

묵직한 문을 열자 방과 후와는 전혀 다른 풍경이 펼쳐졌다. 도서실은 자연광이 비쳐들어 충분히 밝은 데다 사람이 훨씬 적어서, 마치 처음 들어와 보는 듯한 기분이 들었다.

커다란 창문 너머로 보이는 운동장에는 교복 바지를 걷어 올리고 제각기 공을 차는 남학생들이 몇 명 있었다. 방과 후에 시끌벅적하게 동아리 활동을 하는 모습과는 달리, 상쾌하게 맑은 날씨인데도 어쩐지 쓸쓸하게 느껴졌다.

『마음』이 꽂힌 서가 앞에 서서 책에 손을 뻗었다.

여기 편지가 있느냐 없느냐로, 사토가 편지를 끼워두는 시간대를 특정할 수 있다.

─툭.

"……?!"

내가 책을 잡으려고 손을 뻗는 순간, 어떤 손에 부딪쳤다.

깜짝 놀라 숨이 턱 막혔다.

고개를 오른쪽으로 홱 돌리자, 체격이 커다란 남학생이 서 있었다. 나는 여전히 정신이 없는 상태로 부딪친 오른손을 왼손으로 감쌌다.

"어……."

나는 허둥거리면서도 그 사람이 누구인지 알아보고 충격을 받은 나머지 숨을 삼켰다.

옆에 있는 사람은…… 문제아로 알려진 스기우라 도마였다.

어쩐 일일까. 스기우라가 도서실에 왔고, 게다가 『마음』을 꺼내려고 했다.

키가 160센티미터는 되는 나도 내려다볼 만큼 키가 큰 스기우라가 내 눈을 똑바로 바라보았다. 처음으로 이렇게 가까이에서 그 조각 같은 얼굴을 보자, 맑은 눈동자에 꿰뚫린 것처럼 시선을 뗄 수가 없었다.

멋있다는 소문이 자자할 만도 하다. 스기우라와 눈이 마주친 시간만큼은 주변의 소리가 모조리 사라진 듯한 기분이었다.

그런데 스기우라가 왜 도서실에 있는 걸까.

"……앗."

말없이 먼저 고개를 돌린 스기우라를 보고 정신이 번쩍 들었다.

큰일이다. 만약 이 책에 편지가 들어 있다면 스기우라에게 들킨다.

"저기!"

생각도 하기 전에 대뜸 말부터 튀어나왔다. 스기우라가 다시 나와 눈을 마주쳤다.

문제아에게 말을 걸려니 무서워서 몸이 굳었지만, 지금은 그런 걸 따질 여유가 없다. 편지를 들킬까 봐 걱정이 이만저만이 아니었다.

"내가 먼저……."

긴장한 나머지 믿기지 않을 만큼 떨리는 목소리가 나왔다. '내가 먼저 집었는데'라는 단 한마디를 하는 데 이렇게까지 쭈뼛거릴 이유는 없는데.

"뭐?"

무서워. 무섭다고. 스기우라는 되물었을 뿐인데 온몸에서 핏기가 가시는 기분이었다. 좀처럼 다음 말이 나오지 않았다. 나를 가만히 바라보는 날카로운 시선 앞에서 나는 뱀 앞의 개구리처럼 몸이 움츠러들었다.

"어, 그러니까……."

바싹 마른 목을 가다듬고 있자니 스기우라가 무표정하게 『마음』을 서가에서 뽑았다. 그 모습을 보자 겨우 목소리가 또렷하게 나왔다.

"자, 잠깐만!"

"뭐야?"

제발 그 책을 펼치지 마……. 내 만류가 허무하게 스기우라의 손에 책이 넘어가서 위기일발의 상황은 단숨에 절망으로 바뀌었다. 빌리려는지 지금 읽으려는지는 모르겠지만, 어쨌거나 스기우라가 먼저 책을 보게 됐다.

"아무것도 아니야……."

아니, 아직 포기하기는 이르다. 문득 한 가지 가능성이 떠올랐다.

편지가 오지 않았으면 그만이다. 편지만 없으면 내 걱정은 기우로 끝난다. 나는 속으로 부디 사토가 아직 편지를 끼워두지 않았기를 염원했다.

하지만 계속 여기 있을 수는 없다. 물론 편지가 있을지 없을지도 신경 쓰이지만, 이대로 지켜보고 있으면 스기우라가 이상하게 여길 테고, 그렇다고 책에 편지가 있느냐고 직접 물어볼 수도 없다. 결국 나는 결말을 알 수가 없고, 만약 편지가 있더라도 그걸 어떻게 할지는 스기우라에게 달렸다.

나는 어쩔 수 없이 도서실을 나서려고 스기우라에게서 등을 돌렸다. 내게 남겨진 선택지는 여기를 떠나는 것뿐이었다.

될 대로 되라는 자포자기의 심정으로 터벅터벅 출입문으로 향하려는데,

"……아이하라, 이거 네 이름이야?"

"뭐?"

낮은 목소리가 귀를 쑥 파고들어, 나는 반사적으로 뒤를 돌

아보았다.

"!"

스기우라의 손에 익숙한 편지지가 쥐어져 있었다.

끝났다. 단숨에 사정을 파악한 나는 절망 그 이상의 상황에 눈을 질끈 감았다.

체념하는 수밖에. 역시 사토는 점심시간 전에 편지를 넣어두는 건가.

하필이면 문제아로 악명 높은 스기우라에게 편지를 들키다니 참 운도 없다고 생각하며, 나는 어떻게 설명할지 머리를 팽팽 굴렸다.

"……아이하라가 기운을 차린 것 같아서 다행이야. 이제 안 울……."

"그만, 그만해."

믿을 수 없다. 무슨 소리를 하는 건가 싶었는데, 스기우라의 입에서 튀어나온 건 편지지에 적힌 내용이었다.

다짜고짜 얼른 말리면서도, 스기우라의 말도 안 되는 행동에 내 귀를 의심할 수밖에 없었다. 허공을 헤매는 기분이었다.

이러니 속을 알 수 없는 문제아하고는 얽히고 싶지 않았던 거다.

"뭐야, 이거? 너한테 보내는 편지야?"

스기우라가 그렇게 말하며 편지지를 내 눈앞에 들이댔다.

나는 어쩐지 거들먹거리는 말투에 공포와 약간의 짜증을 느끼며 고개를 끄덕였다.

"맞, 맞아. 이 책에 끼워놓는 방식으로 편지를 주고받는 사람이 있어. 상대가 본인이 누구인지 밝히길 싫어해서 이런 방법을 쓸 수밖에 없었어. 뭐, 도서실 책을 이용해 편지를 교환한건 어쨌든 내가 잘못했네. 미안해."

나는 말하면서 정신을 가다듬고 의연한 태도로 또박또박 말했다. 하지만 속으로는 흠칫거리고 있었던 터라 마지막에는 이유도 없이 사과까지 하고 말았다.

"……."

스기우라는 아무 말도 하지 않았다.

학생이라면 누구나 읽을 권리가 있는 도서실 책을 개인적인 용도로 독차지한 건 확실히 잘못한 일이다. 스기우라 말고 다른 사람 손에 편지가 넘어갈 가능성도 충분히 있었다. 이번에는 그게 우연히 스기우라였을 뿐이다.

부디 뭐라고 하지 말기를. 나는 겁이 나서 눈을 꼭 감았다.

"……남이 이 책을 빌려 가는 게 싫거든, 안쪽에 깊숙이 넣어놔."

"응……?"

나는 스기우라가 편지지를 끼워서 쑥 내민 『마음』을 엉겁결에 양손으로 받아 들었다.

"간다."

내가 당황한 사이에 스기우라는 내 옆을 지나쳐 도서실에서 나갔다.

……어라? 조용한 도서실에 어울리지 않는 스기우라가 사라진 대신, 내 손에는 익숙한 『마음』이 남아 있었다.

스기우라가 뭐라고 말할까 긴장했었는데, 맥이 탁 풀렸다. 스기우라는 무섭기는커녕 의외로 이해심이 있고, 상상했던 것보다 막돼먹지 않아서 예상치 못한 안도감이 마음속에 퍼져나갔다.

"후우……."

가슴에 손을 대고 숨을 크게 내쉬었다.

스기우라는 왜 도서실에 와서 『마음』을 빌려 가려고 한 걸까. 나는 의아해하면서 페이지를 넘겨 스기우라가 읽다 만 편지를 꺼냈다.

아이하라가 기운을 차린 것 같아서 다행이야.

이제 안 울어?

나는 먼젓번에 보낸 편지에다 사토에게 조언해 줘서 고맙다고 적었다. 단 두 줄뿐인 답장에서도 사토의 마음 씀씀이가 여실히 전해져, 얼굴도 모르는 상대이건만 가슴이 두근거렸다. 사토가 다정하게 말해줄 때마다 그의 정체가 더욱 궁금해진다.

그제야 나는 '이제 안 울어?'라는 문구에 의구심이 들었다.

사토는 내가 울었다는 걸 어떻게 알았을까? 사쿠라와 마이가 내 험담을 하는 걸 듣고 눈물 흘리는 모습을 직접 봤다는 뜻일까?

궁금증이 일었지만 그렇다고 사토에게 다시 물어볼 용기도 나지 않아서, 깊이 파고들지 않고 답장을 쓰기로 했다.

이제 안 울어. 고마워.

근데 편지를 교환하다가 어떤 남학생한테 들켰거든.

스마트폰 메신저로 연락할 수는 없을까?

○　○　○

책을 통해 편지를 교환한다는 걸 스기우라에게 들키고 나서 이틀이 지났다.

나는 수업이 끝난 뒤 도서실에 와서 서가 앞에 서 있었다.

그때 내가 없었다면 편지가 어떻게 됐을지 상상하기도 싫다. 하지만 어떤 의미에서는 외톨이 늑대 같은 스기우라에게 들켜서 차라리 다행인지도 모른다는 생각도 들었다. 다른 사람이었다면 분명 친구에게 떠벌렸을 것이다. 자기가 아는 사람이든 모르는 사람이든, 요즘 같은 세상에 이처럼 별난 방법으로 편지를 교환하는 사람이 있다는 것 자체가 이야깃거리니까.

학교 도서실 책을 이용하면
정말 다른 사람이 읽을 수도 있겠네.
그런데 미안해. 나, 스마트폰이 없거든.
만약 다른 사람에게 들키는 게 걱정된다면,
그만두는 편이 좋을지도 모르겠다.

책에 들어 있던 편지를 읽고 목구멍이 꽉 죄어들었다. 사토는 이쯤에서 편지 교환을 그만둬도 괜찮다고 생각하는 것이다. 전에는 "너와 이야기하고 싶고, 너에 대해 좀 더 알고 싶어"라고 했으면서, 왜 이제 와서 이렇게 약한 모습을 보이는 걸까. 내게 흥미가 떨어졌다는 뜻일까.

평소에는 편지를 받자마자 창가 자리에 앉아 답장을 썼지만, 오늘은 그 자리에 우두커니 서 있었다.

여기에 뭐라고 답하면 될까. 사토가 먼저 편지를 보내기는 했지만, 본인은 정체를 밝히지 않고 스마트폰도 없다는데 나만 배려하는 건 불공평한 기분이었다. 가능하다면 사토가 누구인지 알고서 스마트폰으로 대화할 수 있으면 좋으련만. 사토가 내 제안을 대부분 단칼에 거절하니 풀이 죽을 수밖에 없었다.

그래도 나는……

"……헉."

나도 모르게 외마디 신음이 새어 나왔다.

우두커니 서 있는 내 옆에서 도서위원 남학생이 서가를 정리하고 있었다.

편지에 정신이 팔려서 사람이 온 줄도 모르고 있다가, 무례하게도 제풀에 놀라고 말았다. 요전에 가이토는 날 일부러 놀래켰지만, 도서위원은 그저 자기 할 일을 하고 있었을 뿐이라 머쓱했다.

그때 도서위원 남학생의 실내화에 적힌 이름이 문득 눈에 들어왔다.

"……!"

그 두 글자에 심장이 요동쳤다.

실내화에는 '사토'라고 적혀 있었다.

온몸의 피가 마구 내달리고 단숨에 열이 올랐다.

사토……? 나는 약간 감정이 북받친 채 그를 곁눈질했다.

　서가를 바라보는 시선의 높이는 나와 크게 다르지 않고, 굵은 뿔테 안경 너머로 보이는 눈매가 시원스럽다. 꾸미지 않은 헤어스타일과 아래위가 꼭 맞물린 얇은 입술이 융통성 없어 보여 어쩐지 다가가기 힘든 인상이다.

　실내화 앞부분이 녹색이니까 3학년이다.

　어쩐지 낯익다 싶었는데, 아무래도 지난번에 디저트 레시피 책을 빌렸을 때 대출 카운터를 담당했던 남학생인 모양이었다. 상냥한 구석이 없어서 인상이 좋지 않았던 그 사람.

　사토, 아니 사토 선배라고 해야 할까. 사토 선배가 나와 편지를 교환하는 상대일까. 도서위원이라면 내가 『마음』을 읽는다는 걸 알고 있어도 이상할 것 없다. 오히려 도서실에 있는 시간이 많으니까, 꽤 유력한 후보라고 할 수 있다.

　바로 옆에 사토일지도 모르는 사람이 있다. 그렇게 생각하자 가슴이 울렁거리고 간질거렸다.

　동시에 말을 걸어보고 싶다는, 어떤 사람인지 알고 싶다는 충동에 휩싸였다. 하지만 아쉽게도 나는 겁쟁이라 그럴 배짱이 없어서 책을 정리하는 사토 선배 옆에 그대로 있는 것이 고작이었다.

　의심받지 않도록 짐짓 책을 읽는 척하며 사토 선배에 대해 상상의 나래를 펼치고 있자니, 그는 정리 작업을 뚝딱 마치고 내 바로 옆을 지나갔다. 아쉬운 마음에 시선을 준 순간, 지나치는 사토 선배와 눈이 마주쳐 심장이 튀어나올 뻔했다.

가버렸다. 하지만 눈이 마주쳤다. 그것만으로 마음이 충분히 채워진 나는 가벼운 발걸음으로 나만의 특등석에 앉았다.

도서위원인 사토 선배를 생각하다가, 책을 화제로 꺼내 대화를 터보자는 아이디어가 떠올라서 나는 펜을 술술 놀렸다.

사토는 제멋대로다. 자신에 대해서는 전혀 밝히려 들지 않고, 스마트폰으로 연락도 안 된다. 그저께는 스기우라에게도 들켰다. 내게 좋은 점이라고는 하나도 없는 듯한 기분이지만,

……그래도 사토와 편지를 교환하고 싶었다.

아직까지는 계속하고 싶어.

만약 그만두고 싶으면, 그때 다시 말할게.

사토는 『마음』* 좋아해?

좋아하는 사람과 결혼하고도

결국 후회를 지우지 못한 채 자살하다니,

* 　 나쓰메 소세키의 『마음』에서 선생은 한 여자와 삼각관계에 있던 자신의 친구 K를 배신했고, K는 자살한다.

난 결말을 읽고 기분이 좀 별로더라.

◦ ◦ ◦

붓으로 하얀 물감을 칠한 듯한 구름과 옅은 붉은빛 하늘이 어우러져 교실 창밖에는 가을 분위기가 물씬 풍긴다. 공기가 맑은 만큼 기온은 낮아져, 피부에 닿는 바람이 차갑다.

옆에 있는 친구는 이렇게 맑고 서늘한 가을 날씨를 제쳐놓고 스마트폰을 보느라 정신이 없었다.

"이거 예쁘다! 봐봐, 어때?"

리쓰가 내게 들이댄 스마트폰 화면에는 요즘 여고생들 사이에서 화제인 립틴트의 사진이 떠 있었다.

끈적이지 않으며 가격도 저렴하다고 한창 광고하는 화장품이라 나도 잘 안다. 하지만 리쓰에게는 보송보송한 제형의 틴트보다 촉촉한 제형이 어울리지 않을까 어렴풋이 생각했다.

"리쓰한테는……."

"뭐 봐?"

그때 집에 가려던 사쿠라와 마이가 우리 자리 앞에서 발걸음을 멈췄다. 교칙 위반이지만 들키지 않을 정도로 옅게 화장한 두 사람은 화장품에 관심이 많아서인지 흥미진진한 표정으로 다가왔다.

"이거 캔디밀키의 립틴트잖아! 나, 이거 있어."

나는 리쓰의 스마트폰을 들여다보며 열을 올리는 두 사람에게서 고개를 돌리고 가방에 교과서를 넣었다.

"……미즈키짱한테도 잘 어울릴 거야!"

사쿠라가 말했다.

갑자기 내 이름이 튀어나와서 눈이 휘둥그레졌다. 왜 갑자기 내 이야기로 화제를 돌리는 건지 의아했지만, 두 사람이 얼굴에 띤 미소를 보자 어쩐지 이해가 갔다.

여자는 인간관계에 몹시 뛰어난 생물이다. 거북한 상대가 있어도 직접 드러내지 않고 뒤에서만 입방아를 찧는다. 게다가 학교에서 미모로는 둘째가라면 서러운 여자애를 곁에 두고 있으니 그 애의 호감을 얻기 위해서라도 내게 곰살궂게 대하는 것이 당연하다. 가이토의 생일 선물에 대해 이야기할 때도 나한테까지 말을 걸었던 기억이 났다.

"……그래?"

"응, 색깔도 엄청 다양해."

"그럼 다음에 나도 한번 살펴볼게."

리쓰와 함께 있다는 이유만으로 아무렇지도 않게 가식을 두르는 두 사람이 실망스럽다. 하지만 그건 나도 마찬가지다. "실은 날 싫어하면서" 같은 말은 꺼내지 않고 줄곧 비위를 맞춰 웃어준다. 결국 나도 인간관계가 틀어질까 봐 본심을 삼키는 것이다.

"하지만 요전에 K2Z의 립틴트 구경했었잖아?"

리쓰가 밝은 목소리로 내게 물었다.

같은 여자지만 분위기를 읽을 줄 모르는 사람이 여기 있네.

리쓰는 별생각 없이 말했겠지만, 분위기가 분명 차가워졌다.

"어, K2Z라면 백화점 브랜드지……?"

"맞아! 반짝거리는 게 엄청 예쁘더라고."

"이야…… 미즈키짱은 백화점 브랜드를 좋아하는구나. 어쩐지 의외네……."

"미즈키, 유심히 들여다봤었잖아! 그거~ 좋아하는 거지?"

리쓰도 참, 쓸데없는 소리 하지 말라고……! 머릿속에서 비상벨이 울리고 식은땀이 솟았다.

"아하하……."

어떻게든 이 분위기에서 탈출하고 싶어서 나는 희미하게 웃었다.

지금만큼은 사쿠라와 마이의 생각을 꿰뚫어 볼 자신이 있다. 이건 '리쓰가 아니라 네가 백화점 브랜드 화장품을 좋아한다고?'라는 표정이다. 알고 싶지 않아도 전해져 온다.

내가 예쁜 물건을 좋아한다는 건 반 아이들은 물론 리쓰에게도 티내지 않았다. 나에게 베이킹과 수예처럼 여성스럽다고 생각될 만한 취미가 있는 줄은, 툭하면 화장품을 살펴보는 줄은 아무도 모를 것이다.

'예쁘다'가 리쓰를 위한 수식어임을 뼈저리게 느낀 뒤로는 '미즈키'와 '리쓰'라는 이름조차 서로 바뀌면 좋았을 텐데 싶었다. 아니, 어쩌면 내가 모르는 어떤 곳에서는 실제로 그런 이야기가 나올 것 같기도 하다.

그래서 내가 스마트폰으로 화장품을 구경한다는 걸 알더라도 리쓰가 굳이 사람들에게 알리지 말았으면 했다. 내가 예쁜 물건을 좋아한다는 사실이 주변에 알려지는 건 어쩐지 창피하다. 하지만 리쓰가 이런 내 콤플렉스를 이해할 리 없는 데다, 지금처럼 주변 사람에게 불쑥 말할 것 같아서 여태껏 리쓰에게도 일부러 밝히지 않았던 건데.

"나, 이만 갈게."

자리에서 일어서자 의자 다리가 바닥에 끌리며 드르륵 하고 큰 소리가 났다.

"어, 가려고?"

"응, 좀 급한 볼일이 있어서. 미안."

나는 사쿠라와 마이의 시선을 견디다 못해 교실을 뛰쳐나오고 말았다.

리쓰는 분위기를 섬세하게 읽지 못하고, 타인이 신경 쓰는 부분을 악의 없이 건드리니까 그게 무섭다. 내 열등감을, 내가 열등감을 품고 있다는 것조차 모른 채 흙발로 짓밟는다. 모든 것을 타고난 사람은 그렇지 않은 사람의 마음을 절대로 이해하지 못한다.

내가 리쓰만큼 예쁘고 인기가 많았다면 분명 이것도 저것도 좋아한다고 당당히 말할 수 있었을 텐데. 선망과 질투를 느끼며 내 발은 자연스레 도서실로 향했다.

편지 교환을 계속하고 싶다고 말해줘서 정말 고마워.

그래?

그렇지만 '선생님'은 내내 가슴속에 담아둔 괴로움을

드디어 말할 수 있었으니,

마지막은 해피엔드지.

그 편지를 보고 저절로 고개가 갸우뚱해졌다. 편지의 내용을 받아들이지 못한 나는 창가 자리로 가지 못한 채 서가 앞에 멈춰 서 있었다.

누군가가 죽는 결말은 당연히 새드엔딩이다. 그것도 자살이니까 더더욱. 나는 사토의 생각이 잘 이해되지 않았다. 선생님이 자살하고 나서 남겨진 부인이 너무 가엾다. 그리고 선생님은 K에 대한 죄책감에 시달릴 바에야 애초에 남에게 비겁한 짓을 하지 않았으면 됐을 것을.

그때 머릿속에 불빛이 번쩍였다. 독서광 말고 이렇게 특이한 시각으로 책을 읽는 사람이 또 있을까. 책에 흥미가 없으면 독자적으로 이야기를 소화해서 자기만의 해석을 하지 않는다. 즉, 사토가 도서위원 사토 선배라는 가설은 꽤 유력하다고 할 수 있지 않을까.

사고회로가 일렬로 이어지는 순간이었다.

내 편지 상대는 사토 선배일까? 나는 쥐고 있던 편지에서 시선을 떼어 대출 카운터를 바라보았다. 하지만 사토 선배는 없고 몇 번 본 적 있는 여학생이 책을 읽고 있었다.

그도 그럴 것이, 도서실 대출 카운터는 도서위원이 당번제로 담당하므로 매일 똑같은 사람이 있지는 않는다. 게다가 당번은 주마다 교대하는 것이 아니기에 사토 선배가 다음에 또 언제 대출 카운터를 담당할지 도서위원이 아닌 나로서는 알 턱이 없다.

다음번에, 그 다음번이 언제 찾아올지는 모르지만, 사토 선배가 도서실에 있을 때 탐색해 보는 수밖에 없다. 문제는 탐색

법이다.

그냥 관찰만 해서는 아무것도 발견할 수 없다. 사토 선배가 『마음』에 편지를 끼우는 결정적인 순간을 내 눈으로 확인한다면 확실하겠지만, 지금까지 몇 번이나 편지를 교환하면서 사토와 마주치지 않은 걸 고려하면 확률은 몹시 낮겠지.

그렇다면 역시 사토 선배에게 직접 말을 걸어보아야 한다. 그런데 그렇게나 딱딱하고 융통성 없어 보이는 사람에게 어떻게 말을 걸면 좋을까.

내가 리쓰처럼 예뻤다면 어떻게 말을 걸어도 좋은 인상을 받겠지. 외모가 빼어나면 정말이지 어디서나 유리하다는 걸 절실하게 느낀다. 일단 첫인상에서 의심을 사면 끝이니까, 신중하게 말을 걸어야겠다 싶었다.

"거기, 좀 비켜줄래요?"

머리를 팽팽 돌리고 있는데 갑자기 나지막하고 퉁명스러운 목소리가 귀에 들려왔다.

"죄, 죄송합니다."

바로 사과하고 물러났을 때 눈에 들어온 건─사토 선배였다.

그는 『마음』이 꽂혀 있는 칸에 있던 다른 책을 뽑았다.

방금까지 의심하고 있던 사람이 옆에 있다는 사실에 너무 놀라서 목소리가 나오지 않았다.

아, 사토 선배잖아.

뽑은 책을 펄럭펄럭 넘기며 확인하는 사토 선배의 옆얼굴을 보자 불이라도 지핀 것처럼 얼굴이 화끈거렸다.

대출 카운터 당번도 아닌 날인데 도서실에는 왜 왔을까. 책을 좋아해서인가, 아니면 편지가 신경 쓰였나. 설마 오늘 마주칠 줄이야.

"저, 저기요!"

의도치 않게 목소리가 튀어나왔다.

지금 이 기회를 놓치면 언제 다시 사토 선배와 만날 수 있을지 모른다. 또 고3 수험생이니까 도서위원회 일을 그렇게까지 많이 맡지는 않을 것이다. 그렇게 생각하자 귀중한 기회가 찾아왔는데 아무것도 하지 않고 그냥 넘어가기가 몹시 아까웠다.

"도서위원이시죠?"

사토 선배를 똑바로 볼 수가 없다.

나는 떨려서 고개를 숙인 채 작게 물었다.

"……네, 그런데요."

아, 당연하지만 선배는 나를 수상쩍게 여기고 있다. 노골적으로 의아해하는 음성으로 알 수 있었다.

하지만 돌이킬 수는 없다.

긴장감이 극심해지며 심장이 말도 안 되는 속도로 뛰었다.

"뭔가 추천하시는 책 같은 게······ 있을까요?"

내가 생각해도 엄청 이상한 질문이었다.

괴롭다. 너무 괴롭다.

납작하게 찌부러진 기분으로 겨우 고개를 들자 눈살을 찌푸린 사토 선배가 보였다.

당연하다. 처음 보는 사람이 대뜸 말을 거는 것만으로도 의아하고 찜찜한데, 책을 추천해 달라니 할 말을 잃을 법도 하다.

그래도 속으로 바라지 않을 수 없었다. 『마음』이라고 대답해 주기를······.

"글쎄요. 그걸 왜 나한테 묻죠?"

세상 모든 일이 그렇게 잘 풀리지는 않는 모양이다.

사토 선배는 꺼림칙하다는 기운을 잔뜩 뿜어내며 안경을 밀어 올렸다.

"도서위원이니까 잘 아시지 않을까 싶어서······."

"다른 도서위원도 있는데, 굳이 나한테 물어보는 이유를 모르겠네요."

"앗, 아무나 괜찮은 건 아니고, 꼭 선배가 추천해 주셨으면 해서요."

긴장과 불안이 가슴을 압박했다. 머리로 생각하기도 전에 입에서 말이 술술 튀어나왔다.

"……."

내내 미간에 주름을 잡고 있던 사토 선배는 결국 내 말을 무시하고 가버렸다.

예상했던 결말이기는 했다. 하지만 심장을 꽉 움켜쥔 것 같은 통증이 퍼져 나가고, 숨쉬기가 힘들어졌다.

어쩔 수 없는 일이지만, 너무 단호하게 거부당해서 충격이 컸다. 낯가림이 심한 내가 드물게 쥐어짠 용기가 외면당한 듯해 슬펐다. 물론 내가 사토 선배 입장이었어도 똑같이 의아하게 여겼을 테니, 사토 선배를 책망할 마음은 절대 없다.

"역시, 아닌가……."

불쑥 중얼거린 한마디는 줄지은 책들 틈새로 녹아들었다.

○ ○ ○

사토는 책 읽는 시각이 정말 독특한 것 같아.

보통은 그렇게 해석 안 하잖아.

◇◇◇

'선생님'은 후회 없이 죽을 수 있어서 후련했을 거야.

내 생각은 그래.

◇◇◇

그런가.

하지만 현대문학 시험에 그렇게 적었다간

오답 처리될걸. ㅎㅎ

그러고 보니 곧 시험 기간이네.

사토는 공부 잘해?

◇◇◇

아, 벌써 그렇게 됐나.

시험 잘 쳐.

난 비밀. 아이하라는 공부 잘해?

◇◇◇

난 그냥저냥…….

잘 치라니, 꼭 남의 일처럼 말하잖아. ㅎㅎ

그런 여유가 있는 걸 보니 공부 잘하나 보네.

사토와는 거의 매일 편지를 교환했다.

거의, 라는 건 당연히 학교에 가지 않는 주말을 포함해 내가 매일 도서실에 들르지는 않았기 때문이고, 책을 확인했지만 사토의 편지가 들어 있지 않았던 날도 하루 있었기 때문이다.

사토가 누구인지 모르는 채로 어느덧 한 달이 지나갔다.

"화학 시간에 또 영상이냐~"

교과서를 끌어안은 리쓰가 한숨을 푹 내쉬었다. 나도 동감이었다. 시험이 얼마 안 남았으니 제대로 수업을 하든지 자습을 시켜줬으면 했다. 특히 기초 화학 과목은 오늘의 마지막 수업이라 나조차도 피로가 쌓였으니, 리쓰는 십중팔구 잘 것이다.

"어? 아직 앞 수업 안 끝나서 애들이 있네?"

"아, 진짜네. 앞 수업이 길어졌나 봐."

소리는 들리지 않았지만, 교단에 서서 뭐라고 말하는 선생님의 모습이 시청각실 뒷문에 달린 작은 창으로 보였다. 영상을 보고 나서 해설을 하는 탓에 수업이 길어지기 십상인 것도 영상 시청 수업의 안 좋은 점이다.

"우리가 일찍 오긴 했지만, 이제 점점 애들이 올 텐데."

차례차례 모여든 우리 반 아이들은 시청각실에 들어가지 못

해 복도에 뭉쳐 섰다. 이동 수업 때 일정에 차질이 생기면, 복도를 지나다니는 사람들에게도 피해를 준다.

"그나저나 이번 화학 시험 큰일이야~ 미즈키는 문과인데도 이과 과목도 잘하잖아, 좋겠다."

"가이토도 잘하니까 가르쳐 달라고 하지 그래?"

나는 별생각 없이 말하고 몇 초 뒤에야 퍼뜩 깨달았다.

이래서는 두 사람 사이를 밀어주는 꼴이잖아. 아니, 물론 두 사람을 갈라놓을 생각은 전혀 없지만, 그렇다고 두 사람을 진심으로 응원한다고도 할 수 없다. 게다가 나도 가이토랑 같이 공부하고 싶다. 그런데 이렇게 스스로 리쓰에게 도움 되는 의견을 꺼내놓다니 바보 같았다.

"가이토와 공부하는 건 좋지만…… 어쩐지 가슴이 콩닥콩닥해서 집중이 잘 안돼~"

얼굴이 조금 붉어진 리쓰가 난처한 표정으로 그렇게 말했다.

이것 봐, 가이토 이야기를 꺼내면 결국 내 기분만 찝찝해질 뿐이다.

"오, 사귄 지도 곧 반년인데, 아직도 콩닥콩닥해?"

질투심에 그만 가시 돋친 말투가 튀어나와, 말을 꺼내고 나서 약간 마음에 걸렸다. 하지만 늘 헤실헤실 웃는 긍정왕 리쓰는 아무 느낌도 못 받은 듯, 오히려 내게 수백 배 강한 반격을 날렸다.

"미즈키는 연애에 전혀 흥미가 없으니까 모르는 거야~ 만난 기간은 문제가 아니지. 좋아하는 사람과 함께 있으면 계속 설렌다고!"

내가 연애에 흥미가 없다고?

리쓰가 해맑은 표정으로 가볍게 던진 말이 내 마음을 후벼 팠다. 표정이 일그러지지 않도록 어떻게든 다잡고 있자니, 리쓰는 화사하게 웃는 얼굴로 말을 이었다.

"미즈키는 어른스럽고, 뭐든 잘하니까 마음만 먹으면 남자친구를 금방 만들 수 있을 텐데, 정말 아까워. 사랑한다는 게 얼마나 멋진 일인지 빨리 알면 좋겠다~"

이런 걸 두고 오지랖이라고 하는 거겠지.

어릴 적부터 가이토를 향해 키워온 내 마음도 모르면서, 잘 도 그런 소리를 하네.

연애에 흥미가 없는 척하는 건 리쓰를 위해서인데. 연애가 멋지다고 생각할 수 없게 된 건 리쓰 때문인데.

"……알아."

스스로도 믿기지 않을 만큼 낮고 묵직한 목소리가 내 입에서 나왔다.

"응? 뭐라고?"

리쓰 때문에 솟구치는 짜증과 질투를 어디에도 토해낼 수 없어서 너무 괴로웠다.

리쓰는 아무 잘못도 없다. 평범하게 지내다 좋아하는 사람이 생겨서 사귀게 됐을 뿐, 내가 어떻게 생각하는지는 모를 테니까. ……그래서 더 힘들다.

"아니, 아무것도 아니야."

울컥 치미는 감정의 덩어리를 억누르고 그 위에 가짜 웃음을 만들어 띄웠다. 요즘은 반 아이들뿐만 아니라 리쓰 앞에서도 가짜 웃음을 잘 짓게 됐으니, 내 제일가는 특기라고 할 수 있을지도 모르겠다.

"음, 신경 쓰이는데. 정말 아무것도 아니야?"

"응, 아무것도 아니래도."

드르르륵.

때마침 길어졌던 앞 수업이 끝나 시청각실 문이 열리고 학생들이 나왔다. 제일 먼저 나온 사람은…….

"아."

나는 무심코 짧게 소리쳤다.

사토 선배였다.

문득 눈이 마주쳤다. 나를 기억하는지 선배의 가느다란 눈이 커졌다. 사토 선배는 목소리를 내지는 않았지만, '아' 모양으로 입을 벌린 채 나를 바라보았다.

쑥스러웠다. 내가 말을 걸었던 일을 기억하는 것이다.

그냥 인사를 할까, 요전에 대뜸 말을 걸었던 걸 사과할까 고민하는 사이에…….

"……쯧."

선배는 입을 꾹 다물고 눈을 돌리더니, 안경테를 거칠게 밀어 올리며 우리 옆을 지나쳤다.

어라……? 어쩐지 위화감이 들었다.

사토 선배의 첫인상은 따지자면 좋지 않은 편이었고 이번에도 그때와 다름없이 무뚝뚝한 태도였지만, 방금은 뭔가를 참는 듯한 표정으로 보였다. 이를테면 쓰라림이나 괴로움을 견디는 듯한 표정으로 느껴졌다.

"이제야 끝났네."

"……그러게."

위화감의 정체를 생각하느라 건성으로 대답한 나를 놔두고 리쓰는 먼저 시청각실로 들어갔다. 하지만 그 위화감의 '정체'는 뜻밖에도 금세 드러났다.

사토 선배네 반 학생들이 대부분 시청각실에서 나가고, 남학생 넷이 마지막으로 남았을 때였다.

"아, 이번 수업 진짜 재미있었다."

"야, 심했잖아! 공부충 도서위원 울겠다."

공부충 도서위원? 남학생 한 명이 내뱉은 단어가 마음에 걸렸다.

"그러는 너도 신나게 부추기지 않았냐? 교과서 없어서 선생한테 혼나는 거 보고 웃었으면서."

"야야, 뭐 어떻게 한 건데?"

"사토의 가방에 교과서를 전부 담아서 아까 청소 시간에 버렸어. 바로 쓰레기장으로 직행."

온몸이 부들부들 떨렸다.

지금 뭐라고 하는 거지? 나는 머릿속으로 남학생의 말을 곱씹었다.

사토 선배의 가방을 버렸다고 했다.

나는 가슴을 망치로 세게 맞은 듯이 아파서 그 자리에 멍하니 서 있었다.

사토 선배가 괴로워 보였던 건 틀림없이 이 일 때문이다.

"그 자식, 말을 병신같이 하잖아. 그러니까 교과서가 없어도 아무한테도 도움을 못 받는 거야. 불쌍해도 별수 있냐."

"속으로는 화났겠지. 아무렇지도 않은 척, 상처 안 받은 척하는 게 또 얼마나 웃기던지!"

사토 선배의 모습이 생각났는지 남학생들은 자기들끼리 낄

낄거렸다. 추악한 웃음을 지으며 와자지껄 떠드는 그들의 목소리가 멀어졌다. 아직도 믿기지 않는다는 마음이 소용돌이쳤고, 속이 뒤집히는 기분이었다.

이건 엄연한 학교 폭력이다. 사토 선배는 분명 상처를 받았을 것이다.

너무하다, 용서할 수 없다. 그렇게 생각하면서도 아무 행동도 하지 못한 나 자신이 무엇보다도 한심했다.

"……아."

어쩌면 좋을까. 말 한번 해본 적 없는 3학년 선배들에게 당장 대들 용기도 없고, 제삼자인 내가 선생님에게 상담하는 것도 좀 아닌 것 같았다. 이래서는 학교 폭력이 일어나는 줄 알면서도 못 본 척하는 수밖에…….

이럴 때 사토라면 뭐라고 할까.

충격으로 날뛰는 심장을 애써 진정시키고, 숨을 깊이 들이마시며 빨라진 호흡을 가다듬었다. 천천히 눈을 감자 캄캄한 세계에 따스한 갈색 괘선이 그어진 편지지가 떠올랐고, 예쁜 볼펜 글씨가 한 글자씩 적혀 나갔다.

거기에는 '뭐든 해주고 싶다는 마음이 중요해'라고 적혀 있는 것처럼 보였다. 뭐든 해주고 싶다는 마음이라……. 나는 속으로 그 말을 곱씹었다.

사토와 편지를 계속 교환하다 보니, 편지를 받지 않고서도 조언을 구하면 어떤 답장이 올지 자연스레 상상할 수 있게 됐다. 내가 만들어낸 환상 속에서도 사토의 말은 실제와 다름없이 내 마음에 똑바로 와닿았다.

"어, 미즈키~ 왜 그래, 안 들어와?"

내가 없는 걸 알고 리쓰가 어리둥절한 표정으로 되돌아왔지만, 나는 여전히 미동도 하지 않았다.

이대로 수업을 듣고 아무 일도 없었던 걸로 하기에는…….

"미즈키?"

"리쓰…… 미안해. 나, 어디 좀 가봐야겠어."

나는 뭔가에 자극받은 것처럼 고개를 들고, 가지고 있던 교과서를 리쓰에게 떠맡겼다.

"뭐? 자, 잠깐만."

"미안. 선생님한테는 양호실에 갔다고 말해줘!"

당황한 리쓰에게 서둘러 사과하고 왔던 길을 뛰어서 돌아가자 기분이 훨씬 가벼워졌다.

옳은 선택인지는 모르겠다. 하지만 수업 시작 종이 들렸으니 어차피 돌이킬 수 없다는 생각으로 무작정 달렸다.

사토 선배에게 푸대접을 받았으면서 왜 수업을 내팽개치면서까지 선배를 위한 일을 하려는지 스스로 생각해도 의문이다.

무시해도 상관없는데, 내가 나설 필요는 없는데. 나와 무관한 일이라는 걸 알면서도 밀려오는 힘에 등을 떠밀리고 말았다.

"헉, 헉……."

나는 사토 선배도, 선배를 괴롭힌 남학생들도 찾아가지 않고 쓰레기장으로 향했다. 실내화를 단화로 갈아 신고 본관 뒤에 있는 쓰레기장으로 열심히 달렸다.

우리 학교는 6교시 끝난 뒤가 청소 시간이고, 오늘은 청소 후에 7교시 수업이 있다. 만약 6교시까지만 수업하는 날이었다면 수업을 땡땡이치는 불량한 짓을 하지 않아도 됐을 테지만, 사토 선배가 상처받는 건 오늘이든 내일이든 마찬가지다.

각 교실에서 가져다 놓은 평퍼짐한 쓰레기 봉지가 아무렇게나 놓여 있는 쓰레기장에서는 악취가 진동했다. 나는 코를 틀어막고 싶은 충동에 휩싸이면서도, 제일 위에 있는 반투명한 쓰레기 봉지를 풀었다.

"으…… 우욱."

이상한 냄새가 강하게 풍겨서 나도 모르게 인상을 찡그렸다. 하다못해 깨끗한 쓰레기 봉지라면 그나마 나았을 텐데. 불평하면서도 어느 봉지에 사토 선배의 가방이 들어 있을지 모르니 닥치는 대로 풀어봐야 했다.

"아야."

잠시 후 쓰레기 봉지를 뚫고 나온 나무젓가락에 왼쪽 손등을 긁히고 말았다. 가느다랗게 베인 상처에서 바로 피가 쭈르르 흘러서 땅에 떨어졌다. 나는 그 상처를 보고 고개를 푹 떨구며 가방 찾기를 멈췄다.

더럽고 냄새 나는 데다, 쓰레기도 많지, 다치기까지 했다. 솔직히 내가 수업을 땡땡이치면서까지 해야 할 일인가, 새삼 그런 생각이 들었다.

그때였다.

"이, 있다……!"

헐거워진 쓰레기 봉지의 아가리 사이로 커다란 물체가 보였다. 얼른 꺼내어 보자 먼지투성이였지만 분명 검은색 책가방이었다.

다행히 찾아냈다……. 나는 안도하며 가방에 묻은 먼지를 툭툭 털고, 지퍼를 열어 교과서와 노트를 확인했다. 음, 안에 든 물건들도 무사한 듯하다.

교과서와 노트를 도로 가방에 넣다가, 뒤표지 밑부분에 적힌 이름이 문득 눈에 들어왔다.

'사토 료스케.' 이것이 그의, 사토 선배의 이름이다.

……자, 이걸 어떻게 한담. 사토 선배에게 직접 가져다줄까, 분실물 상자에 넣을까(크기로 보아 들어가지도 않겠지만), 또는

다른 방법을 쓸까…….

고민 끝에 내가 선택한 것은 가장 불확실하고 특이한 방법이었다.

○ ○ ○

"……웃차."

소리가 나지 않도록 조심스럽게 문을 열자 높고 중후한 서가가 죽 늘어선 모습이 보였다. 한가운데에는 아무도 앉지 않은 의자와 테이블이 있고, 벽시계의 초침 소리만 울려 퍼졌다.

그렇다, 사토 선배가 오늘 방과 후에 도서실에 오기를 기다리기로 한 것이다. 물론 오늘 오지 않을 수도 있고, 실은 그 가능성이 더 높지만, 그래도 오는 쪽에 기대를 걸어보기로 했다. 이제 와서 수업을 들으러 갈 수도 없으므로 7교시가 끝나기를 기다릴 곳도 필요했다. 사서 선생님은 연세가 지긋해서 주변 소리가 잘 들리지 않을 테니, 선생님이 있더라도 도서실이라면 들키지 않고 들어갈 수 있지 않을까 예상했다.

그 예상은 멋지게 적중해 나는 수업 시간에 도서실에 잠입하는 데 성공했다. 이제 만약을 대비해 도서실 제일 구석진 자리에 몸을 숨기면, 수업이 끝날 때까지 남은 30분을 버틸 수 있으리라.

내가 서가 모퉁이를 돌려던 순간이었다.

"아이하라?"

갑자기 속삭이는 목소리가 들렸다.

"!"

나는 말도 안 되게 놀라서 입만 뻥긋거렸다. 심장이 멎는 줄 알았다. 다행인 건 깜짝 놀라는 수준을 아득히 초월하는 바람에 목소리가 나오지 않았다는 것이다.

바닥에 앉아 있던 사람은, 스기우라였다.

"스, 스기우라……!"

콩닥콩닥 빨리 뛰는 심장을 진정시키지 못한 채 작게 이름을 부르고 다가가자 스기우라는 나를 올려다보았다.

"내 이름, 알고 있었어?"

"당연하지."

"그렇겠지. 난 양아치로 유명할 테니까."

스기우라는 조소하듯 코로 픽 웃었다. 나는 쪼그려 앉아 눈높이를 맞추고 물었다.

"그것보다 왜 수업 시간에 여기에……."

"네가 할 소리냐?"

너무 정확한 반박이라 대꾸할 말을 찾지 못한 나는 험악한 표정으로 머리를 싸쥘 수밖에 없었다.

"나는 땡땡이치러 자주 와. 도서실 할머니는 귀가 어둡고, 보통 사서실에서 책을 읽으니까 들킬 일이 없거든."

문제아 아니랄까 봐 땡땡이 상습범이었구나.

스기우라는 겁이라고는 없어 보이는 웃음을 지으며 말을 이었다.

"모범생같이 생겼는데 수업 땡땡이라니, 별일이네. 뭔가 이유가 있는 것 같긴 하지만."

내 옆에 놓아둔 사토 선배의 가방을 바라보는 스기우라에게 나는 "뭐, 그렇지……"라고 말을 얼버무렸다.

처음 대화할 때 스기우라에게 품었던 무서운 이미지는 많이 사라졌지만, 옆에 문제아가 있다고 생각하자 조금 불안했다.

나는 머뭇머뭇 입을 열었다.

"……저기, 스기우라."

"왜?"

"요전에 왜 『마음』을 읽으려고 했어……?"

내내 궁금했던 일이다. 내가 누군가와 편지 교환을 한다는 건 몰랐던 것 같지만, 이유도 없이 『마음』을 꺼내지는 않았을 테니, 사토와 뭔가 접점이 있는 것은 아닐까 억측을 해봤다.

"지난번 시험 보충 학습 때문에. 현대문학 교과서를 잃어버렸는데, 도서실에 있다길래 빌리려고."

"뭐, 뭐야……."

하지만 스기우라의 대답은 사토와 전혀 무관했다. 나는 어깨를 축 늘어뜨렸다. 스기우라와 관련 있을 리가 없지. 기대한 게 잘못이었다.

"……그런데, 편지 상대가 누구인지는 알아냈냐?"

"아니, 아직. 알고 싶지만, 솔직히 어떻게 찾아내면 좋을지조차 모르겠어……."

"몰라서 좋은 것도 있잖아."

"응?"

시선을 앞에 고정한 채 말하는 스기우라를 보자, 햇빛을 받아 가장자리가 금색으로 빛나는 머리를 긁적거리고 있었다.

"그게 무슨……."

"졸려서 좀 자야겠다."

내 말이 끝나기도 전에 스기우라는 눈을 감고 서가에 몸을 기댔다.

몰라서 좋은 것도 있다라.

일리 있는 말이다. 사토가 누구인지 알면 반드시 관계에 변화가 생긴다. 좋은 변화일 수도 있고, 나쁜 변화일 수도 있다. 지금처럼 무엇이든 상담할 수는 없어진다거나 거리낌이 생기는 등, 결코 좋지만은 않은 변화도 분명 있을 것이다.

"하지만 알고 싶은걸……."

잠들어 버린 스기우라의 옆에서 난 혼자 중얼거렸다.

∘ ∘ ∘

딩동댕동.

드디어 종이 울렸다. 수십 분간, 나는 꼿꼿이 앉아서 잠을 자는 스기우라 옆에서 멍하니 생각에 잠겨 있거나 아무 생각도 하지 않으며 희한한 시간을 보냈다. 가능하면 『마음』에 사토의 답장이 끼워져 있는지 확인하고 싶었지만, 공교롭게도 그 책이 도서실 출입문에서 가까운 서가에 있어서 사서 선생님에게 들킬까 봐 단념했다.

수업을 땡땡이치는 건 불성실한 짓이지만, 이렇듯 고즈넉한 세계에 있으니 참 편안해서, 불성실하게 사는 것도 의외로 나쁘지 않구나 하는 생각이 들었다. 이래선 안 되는데.

"……이만 가야겠다."

"앗, 깨어 있었네."

7교시 수업이 끝나면 도서실에 학생들이 온다. 스기우라는 무거워 보이는 몸을 꾸물꾸물 움직이며 일어섰다.

"뭐, 열심히 해봐, 탐정."

"뭐?"

스기우라가 내 머리에 가볍게 손을 얹더니 몸을 돌렸다.

"아……."

떠나가는 그 뒷모습을 바라보는데, 얇은 종이 같은 것이 내 시야에 떨어졌다.

뭘까. 교복 치마에 팔랑팔랑 내려앉은 것을 주워서 확인해보니 그것은 작은 반창고였다.

스기우라…… 실은 겉보기나 소문과는 달리 그렇게까지 나쁜 애는 아닌 걸까.

내가 손등을 다친 걸 알아차리고 내 머리에 반창고를 올려놓고 간 것이다. 가슴에 따스한 기운이 퍼져 나가는 것 같아, 눈살을 가볍게 찌푸리며 반창고의 테이프를 벗기고는 손등의 상처에 붙였다.

잘 붙였다고 만족하고 있을 때, "아" 하고 나지막한 목소리가 위에서 들렸다.

별생각 없이 고개를 들자 사토 선배가 있었다.

"사토…… 사토 료스케 선배!"

즉시 이름을 불렀지만 선배는 무시하고 고개를 홱 돌렸다. 서가 사이를 되돌아가려는 선배를 붙잡고 싶어서, 나도 모르게 선배의 바지 자락을 꽉 움켜쥐었다.

"왜, 왜 이래요?"

깜짝 놀라 돌아본 사토 선배는 나를 내려다보다가 내 옆에 가방이 있다는 걸 알아차린 모양이었다. 나는 사토 선배가 복잡해 보이는 표정을 짓는 순간을 놓치지 않았다.

"이거, 선배 가방……."

"쓸데없는 짓 하지 마!"

냉정하고 침착한 선배가 웬일로 언성을 높였다. 그것도 도서실에서. 다행히 아직까지는 학생들이 많지 않아서 이목이 집중되지는 않았지만, 선배의 고함 소리에 나는 어깨를 움찔하고 말았다.

사토 선배는 안경을 쑥 밀어 올리고 몇 번 헛기침을 한 뒤, 내게 날카로운 눈빛을 던졌다.

"어차피 너도 재미 삼아 나한테 말이나 걸어본 거겠지. 굳이 가방을 찾아오다니, 내가 얼마나 비참한 꼴을 당했는지 되새겨주기라도 하겠다는 거야?"

"아니에요! 선배 분위기가 이상해서…… 뭐라도 해주고 싶어서……."

사토 선배의 안경 너머로 보이는 눈이 워낙 싸늘해서 나는 도중에 목소리가 기어들어 갔다.

선배는 학교 폭력 때문에 사람을 있는 그대로 받아들일 수 없어졌고, 자신에게 다가오는 사람들을 거부함으로써 또 학교 폭력의 표적이 되고 마는 악순환에 빠진 것이다. 그 악순환을 어떻게든 끊어주고 싶었지만, 선배의 친구이기는커녕 오히려 경계 대상인 나로서는 도저히 무리일 듯했다.

"……선배의 기분이 상했다면 죄송해요. 가방만이라도 받아주세요."

나는 한층 작아진 목소리로 말했다. 일어서서 가방을 사토 선배 앞에 내밀었다.

내 행동은 외려 역효과만 내고 말았다. 보답을 바란 건 아니니까 어쩔 수 없는 일이라고 받아들이는 수밖에.

선배가 가방 손잡이를 확 잡아당겨 내 손에서 가방을 가져갔다. 그와 동시에 내가 선배 앞에서 물러나려고 고개를 숙이며 한 발짝 내디뎠을 때였다.

"……그거, 나 때문에 다친 건가요?"

"어……."

사토 선배가 퉁명스럽게 물었다. 나와 눈을 맞추지 않기 위해서인지 앞쪽 창문 너머 먼 곳을 보고 있었다. 나는 무심코 다친 왼손을 오른손으로 가리고 쓴웃음을 지었다.

"아, 이거…… 가방을 찾다가 제가 조심성이 없어서……."

"어휴…… 아무 상관도 없는 사람 때문에 터무니없는 짓을 하다니 믿기지가 않네."

어이없다는 듯 말하는 사토 선배의 목소리가 왠지 조금 부드러워진 것처럼 느껴졌다.

아마도 사토 선배는 타인의 친절에 익숙지 않아서, 지금뿐만 아니라 여태까지도 친절한 행동을 순순히 받아들이지 못했던 게 아닐까 싶었다. 가방을 꽉 움켜쥐며 "고, 고마……"까지만 말하며 갈등하는 게 보였다. 결국 끝까지 감사 인사를 받지는 못했지만, 인사받기 위한 행동은 아니었으니까 딱히 상관없다. 타인과의 교류를 일절 차단하던 선배가 조금이라도 변하는 계기가 됐다면 그걸로 충분하다.

"사토 선배."

나는 눈을 가늘게 뜨고 이름을 불렀다.

"나쓰메 소세키의『마음』결말, 어떻게 생각하세요?"

지금 물어보지 않으면 안 될 것 같다는 생각이 들자, 의도치 않게 질문이 나왔다. 갑작스러운 질문에 사토 선배는 잠깐 몇 초 뜸을 들이다 입을 열었다.

"……불쾌할 만큼 최악이라고 생각해요. 아무리 괴로워도 선생님은 꼭 살아남아야 했어요."

"……어째서요?"

"선생님이 죽으면 부인이 분명 슬퍼할 테니까요. K의 죽음이 선생님을 괴롭게 만들었듯이요. 말하자면 『마음』의 주인공은 자기 자신만 생각하고 죽음을 선택한 거예요."

이해가 될 것 같으면서도 되지 않았다. 자살할 정도로 고통스럽고 슬프다면, 자신의 감정만으로 머릿속이 가득 차는 게 당연하지 않을까.

"나라면 정말 힘들 때야말로 주변에 눈을 돌릴 겁니다. 죽음을 선택하면 안 될 이유가 주변에 분명 있을 테니까요. 그건 사람일 수도 있고, 물건일 수도 있겠죠. 소중한 존재가 있다는 걸 깨달으면, 분명 그걸 위해 살아가고 싶다는 생각이 들 거예요."

아아, 나는 이 사람은 사토가 아니라고 확신했다. 사토는 아니지만 아주 멋진 사람이구나. 날개가 돋아서 당장이라도 날아오르려는 새 같았다.

사토 선배는 그렇게 찌질하고 시시한 괴롭힘에 지지 않을 것이다. 마음속에 단단한 신념을 품고 주변 사람들을 위해 계속 살아가려 하는 사람이니까. 매일같이 나 자신밖에 생각하지 않는 나보다 훨씬 어른이었다.

"『차라투스트라는 이렇게 말했다』요."

"네?"

사토 선배가 갑자기 수수께끼 같은 주문을 외웠다. 선배의 말을 곱씹고 있던 나는 입을 딱 벌렸다.

"추천 도서 말이에요.『차라투스트라는 이렇게 말했다』."

맞다. 그러고 보니 사토 선배에게 처음으로 말을 걸었을 때 나는 책을 추천해 달라고 했었다.

"차라투스트라……?"

"풋."

사토 선배가 입에 주먹을 대고 웃기다는 듯이 눈꼬리를 내렸다.

아, 웃었다……. 이 사람, 계속 웃고 다니면 좋을 텐데. 웃는 얼굴을 보자 그런 생각이 들었다.

하지만 그 희귀한 표정은 한순간에 사라지고, 사토 선배는 헛기침과 함께 원래의 진지한 표정으로 돌아갔다.

"……그럼 이만."

"아, 네."

고개를 꾸벅 숙이고 걸음을 옮기는 선배에게 나도 가볍게 인사를 건네고 반대쪽으로 향했다.

사토 료스케 선배는 나와 편지를 교환하는 사토가 아니다. 그래도 그를 알게 돼서 다행이다. 나와 사토 선배의 만남은 결코 무의미하지 않았다고 떳떳하게 말할 수 있다.

출입문 쪽 서가 앞에 서서『마음』을 꺼냈다.

이 책에 대한 사토 선배의 해석은 굳세고 올곧고 훌륭하다. 그에 비해 내 해석은 아직 일반적이고 어두운 수준까지밖에 나아가지 못했고, 사토는 보통의 시각으로는 좀처럼 이해하기 힘든 이질적인 해석을 내놓았다.

누구일까, 이 책을 별난 시각으로 읽은 그 사람은.

페이지를 넘기자 예상대로 편지가 들어 있었다. 편지를 읽자 지금까지보다 더 크게 마음이 일렁였고, 금세 애절한 마음이 밀려왔다.

아이하라를 만나고 싶어.

제3장

후회의 기억

연보라색에서 남색으로 변해가는 창밖 하늘에 떠오른 황금색 달이 희미한 빛을 뿜어내고 있다. 분명 이제부터는 같은 시간대에 남색이 차지하는 비율이 점점 높아지리라 예상되는 10월 하순, 나는 블레이저 소매를 손끝까지 쭉 내렸다.

운동장에서 가이토가 음료가 든 스퀴즈보틀을 들고 친구들과 웃으면서 휴식을 취하고 있었다. 요즘 내 머릿속은 정체 모를 사토 생각으로 가득하지만, 가이토를 보면 단숨에 짝사랑하는 마음이 되돌아온다. 내가 이 사람을 여전히 좋아하고 있다는 기분이 무심결에 싹튼다. 분명 사토의 정체가 오리무중이기에, 나는 거기에 정신이 팔려 혼자서만 가이토를 좋아하는 힘겨운 현실을 잊어버릴 수 있다. 만약 사토가 누구인지 알게 되면, 이루어질 수 없는 짝사랑으로 고민하는 나날로 되돌아가겠지. 가이토 말고 다른 남자를 생각하는 지금이 특이한 상태다.

그래, 이 편지가 오기 전까지는 그랬다.

"어쩌지……."

나는 가이토를 보는 둥 마는 둥 하며 작게 중얼거렸다.

어제 온 편지에는 '아이하라를 만나고 싶어'라고 딱 한 줄이 적혀 있었다. 여전히 볼펜으로 쓴 글씨지만, 지금까지보다 더 힘 있게 꾹꾹 눌러 쓴 것처럼 느껴졌다.

갑자기 무슨 바람이 불었을까. 내 고민을 들어주거나 다정한 조언을 내놓기만 하던 사토가, 자신이 바라는 것을 직설적으로 전하다니. 별일이라고 할까, 조금 이상하달까……. 그래, 내용이 의외였을 뿐 딱히 기쁘지는 않았던 것 같다.

어제는 뭐라고 답장할까 고민하다 결국 쓰지 못하고 집에 왔다. 그리고 오늘, 잠을 푹 자고 사고회로를 재부팅한 나는 될 수 있는 한 평소처럼 답장을 쓰려고 펜을 잡았다.

누구인지도 모르는 사람을 어떻게 만나. ㅎㅎ

그리고 편지는 언제 넣는 거야?

실은 우리, 몇 번 마주친 거 아니야?

태어나서 지금까지 남자는 물론 동성 친구에게도 만나고 싶다는 말을 들어본 기억이 없다 보니, 이럴 때 어떻게 답해야 하는지 모른다. 내가 할 수 있는 대처 방식은 고작해야 'ㅎㅎ'를 붙여서 농담하듯 받아치는 것이 전부였다. 그래서 화제를 돌리기 위해 질문을 했다. 솔직히 언제 편지를 넣는지 내내 궁금했던 것도 사실이다.

어떤 답장이 올지 두근대는 마음으로 편지를 책에 끼우고, 자리에서 일어나 서가로 향했다. 평소 같으면 축구하는 가이토의 모습을 충분히 보고 돌아가겠지만, 오늘은 일찍 돌아갈 예정이다.

내일이면 중간고사까지 딱 일주일이 남으므로, 본격적으로 공부해야 한다. 사실 어제 사토에게 답장을 못 썼던 건, 자습 금지인 도서실에 죽치고 있으면 공부할 시간이 부족해서이기도 하다. 나는 노력에 따라 어떻게든 되는 공부만큼은 열심히 하자 싶어, 중간고사와 기말고사를 단단히 준비하는 편이다. 매번 전교 10등 안에 들기는 어렵지만 20등 안에는 항상 들었고, 운과 컨디션이 좋으면 10등 안에도 들 수 있는 정도다. 공부의 세계에도 하늘 위에 하늘이 있다.

그렇다면 가이토도 내일부터 동아리 활동을 쉬는 건가. 오늘을 끝으로 한동안 훈련하는 모습을 못 보겠구나 싶어 아쉬운 기분으로 책을 꽂았다. 어깨에서 흘러내린 가방끈을 다시 걸었을 때, 테이블 위에 있는 작은 직사각형 카드가 눈에 들어왔다.

"!"

그 카드에는 명조체로 '사토 고헤이'라는 글씨가 인쇄되어 있었다.

사토…… 사토?! 엉겁결에 다시 들여다봤다.

카드가 놓인 테이블 앞에 앉아 있는 사람의 뒷모습은…… 검은색 블레이저 차림이 아니었다. 학교 지정 복장이 아닌 회색 카디건을 입고 있었다.

"……고짱?"

나도 모르게 말이 불쑥 튀어나왔다. 별명을 부르고 나서야 아차, 하고 후회했다.

카드의 주인은 국어 교사 고짱, 즉 사토 고헤이 선생님이었다. 평소 친근했던 선생님의 성씨가 '사토'였음에 놀라, 그만 학생들 사이에서 몰래 통하는 별명으로 부르고 말았다.

조용히 뒤를 돌아본 고짱을 보고 나는 숨을 삼켰다. 선생님의 표정이 기쁨과 슬픔으로 뒤섞여 복잡했기 때문이다.

"에리……?"

고짱의 입에서 흘러나온 두 글자가 귀에 들어왔다.

지금 '에리'라고 한 것 같은데……. 내가 얼어붙어 있자니, 고짱은 정신을 차린 듯 흠칫 놀라며 점잖고 교사다운 웃음을 지었다.

"미안, 미안. 깜짝 놀라서. ……아이하라, 어쩐 일이니?"

126

"어, 아니에요, 선생님도 도서실에 오시는구나 싶어서……."

재깍 대꾸하고 나서야 생각났는데, 그러고 보니 이전에도 도서실에서 선생님과 대화를 나눈 적이 있다. 그건 그렇고 내가 '고짱'이라고 불렀을 때 선생님이 지은 표정과 '에리'라는 여자 이름이 마음에 걸렸다.

"오늘은 시조집을 찾으러 왔어. 수업이 없을 때도 도서실에는 자주 오는 편이거든."

"시조집요? 선생님은 현대문학 담당이시잖아요?"

"1학년한테는 고전문학을 가르치거든. 고등학교 교사는 대개 둘 다 맡고 있지."

"그렇군요."

고개를 끄덕이는 고짱의 축 처진 눈매는 입가의 보조개와 어우러져 따스한 인상을 준다. 실제 성격도 온화하고 부드러우며, 단정한 머리 모양과 옷차림도 호감이라 학생들에게 인기가 많다. 나이는 분명 20대 중반이겠지만, 틀리면 실례니까 굳이 자세히 따지지 않고 넘어가야지.

"아이하라, 요즘 어떻게 지내니?"

선생님에게서 갑작스러운 질문이 날아들었다.

"어, 음…… 뭐, 나름대로 괜찮아요."

애매하고 적당한 대답이지만, 애당초 질문이 막연했으니까 어쩔 수 없다. 이럴 때 "기운이 안 나요", "싫은 일뿐이에요"라고 대답하는 사람은 없겠지. 예의상 묻는 말에는 거짓말이라도 무난하게 대답하는 게 중요하다.

"그렇구나, 다행이네. 요즘 아이하라가 기운 없어 보였거든."

고짱이 말했다.

그 말에 마음이 흔들려 치마 주름을 꽉 움켜잡았다. 고짱 말대로 요즘 인간관계에 막막함을 느낄 때가 많았고, 기분이 좋지 않은 날도 종종 있었다.

내가 기운 없어 보였구나……. 현대문학 시간에만 나를 보는 선생님이 알아차리다니, 마음이 조금 술렁였다.

나 스스로를 그다지 감정을 드러내지 않는 타입이라고 생각해 왔지만, 그렇지 않은지도 모르겠다. 아니면 고짱이 눈치가 빠른 걸까.

"제가 기운 없어 보였다고요?"

나는 특기인 싹싹한 웃음을 지어 보였다.

"응, 늘 무리하는 것 같은 느낌이 들었지. 너만의 좋은 점이 있는데 말이야."

"가, 감사합니다……."

얼떨떨한 기분으로 인사를 하고 나서 묘한 기분에 빠졌다.

고짱의 "너만의 좋은 점이 있는데 말이야"라는 말이 머리에서 떠나지 않았다.

왜일까…… 몇 초 생각하다 문득 깨달았다.

이건 사토가 해준 말이다. 리쓰와 비교하며 스스로를 부정해 온 내 괴로움을 어디에도 털어놓을 수 없었을 때, 나는 반쯤 자포자기해서 사토에게 의지했다. 그때 사토의 답장에 담긴 말이 '너만의 좋은 점이 있어'였다.

나는 그 말에 구원받아 겨우 마음을 추스를 수 있었는데, 그날도 분명 고짱이 내게 말을 걸었던 것 같다. 그날 이야기를 나눈 사람이 지금, 사토의 편지에 적혀 있었던 것과 완전히 똑같은 말을 했다. 그런 우연이 있을 수 있을까.

그리하여, 나는 한 가지 추측에 다다랐다.

혹시…… 사토는…… 고짱, 그러니까 사토 선생님인가?

다음 날 방과 후. 나는 도서실에 가서 편지가 있는지 확인하려고 얼른 책상 서랍에서 교과서를 꺼내 가방을 쌌다. 리쓰는 오늘 당번이라 내 자리에 오지 않았고, 수업을 마치는 종이 울리자마자 교무실에 갔다. 그때 어딘가에서 차라락 소리가 났다. 가방에 달아놓은 스트랩과 연결된 비즈가 떨어져 있었다. 나는 분홍색 리본이 눈길을 끄는 스트랩을 가방에 달고 그 스트랩을 연결하는 금속 고리에 작은 비즈 체인도 함께 매달아놓았다. 그야말로 내 취향의 사랑스러운 디자인이다.

올해 생일에 리쓰가 선물해 준 이 스트랩은 어디에서나 파는 물건이 아니고, 사진 공유 앱에서 핸드메이드 액세서리를 만들어 파는 인기 작가의 한정판이다. 나는 그 계정을 몰래 팔로우하고 있는 팬이었지만, 핸드메이드 작품은 가격이 비싸서 선뜻 구입할 수 없었다. 그래서 리쓰가 이걸 선물해 주었을 때는 내가 예쁜 물건을 좋아한다는 걸 리쓰가 알고 있었나 하는 놀라움과, 줄곧 갖고 싶었던 물건을 선물받았다는 기쁨이 한데 뒤섞여 다가왔다.

하지만 실은 그게 아니었다. 리쓰는 하늘색 리본이 달린 스트랩을 같이 사서 자기 가방에 매달고 다녔다. 지금 생각하면 당연하지만, 내가 아기자기한 물건을 좋아하는 줄도 모르는데 어떻게 내가 좋아하리라고 생각하고 선물했겠는가. 리쓰는 자기가 갖고 싶었던 스트랩을 살 때 색깔이 다른 스트랩도 사서 내게 선물했던 것뿐이다.

"미즈키."

갑자기 내 앞에서 목소리가 들렸다.

스트랩에 못 박혀 있던 시선을 들어 보니 가이토였다.

"앗, 깜짝이야……."

내 앞자리 사람은 이미 집에 돌아갔는지 비어 있어, 가이토는 그 자리에 털썩 앉았다.

"아, 리쓰는 오늘 당번이라 교무실에 갔어."

평소대로 리쓰를 보러 가이토가 내 자리에 왔나 싶어 나는 그렇게 말했다. 하지만 가이토는 천연스레 대꾸했다.

"알아. 너 보러 온 거야."

한순간 귀를 의심했다.

날 보러 왔다고? ……이런, 문제 발언이다.

"안 그래도 되는데……."

솔직히 가이토와 이야기하고 싶지 않았다. 사쿠라와 마이의 뒷담화를 잊을 수가 없다. 가이토와 이야기할 때마다 그때 그 애들의 음색까지 되살아나는 바람에 늘 주변 상황을 살핀다. 사쿠라와 마이는 반 아이들 중에서도 영향력과 존재감이 있는 편이라, 나에 대한 험담이 분명 다른 애들에게도 퍼졌으리라.

"요즘 왜 이렇게 나한테 쌀쌀맞아? 내가 뭐 잘못한 거라도 있어?"

"아, 아니, 그런 게 아니고."

나는 당황해서 부정했다.

"그럼 됐어. 아…… 그 스트랩, 리쓰 거랑 똑같은 거잖아. 망가졌네."

"응, 방금 떨어졌나 봐. 집에 가서 고쳐봐야겠어."

나는 비즈가 흔들리는 체인을 냉큼 교복 호주머니에 넣었다.

마음이 몹시 복잡했다. 리쓰가 없으니 굳이 내 자리에 오지 않아도 되는데…… 하는 생각과 가이토가 나와 이야기하기 위해 와주어서 기쁘다는 기분이 교차했다. 긴장해서 심장이 빨리 뛰는 건지 기뻐서 그런 건지 나도 모르겠다.

"그거 너한테 진짜 안 어울린다."

가이토가 재밌다는 듯이 눈을 가늘게 뜨고 말했다.

역시 가이토도 나한테 안 어울린다고 생각하는구나…….

그 무심한 발언에 목구멍이 찌부러진 것처럼 아파서 아주 잠깐 웃는 걸 잊어버렸다.

"분명 리쓰가 자기가 가지고 싶은 걸 골라서 줬겠지. 자기 취향이 아닌데도 달고 다니니 미즈키는 참 착해."

……그게 아닌데. 이런 내 속내를 알 턱이 없다.

리쓰의 스트랩과 세트라는 이유로 이걸 달고 다닌다고 주변 사람들은 생각하겠지만(가이토조차 그렇게 여기니까), 실은 리쓰와는 상관없이 어디까지나 내가 좋아서 달고 다니는 것이다. 하기야 리쓰가 색깔만 다른 스트랩을 달고 다니는 덕분에, 내가 이 예쁜 스트랩을 달고 다녀도 아무도 의문을 품지 않는다.

"착할 것도 많다. ……그럼 이만 갈게."

나는 입꼬리를 억지로 끌어올려 웃은 뒤 자리에서 일어섰다.

더 이상 단둘이 길게 이야기를 나누면, 반 여자애들에게 무슨 소리를 들을지 상상만 해도 섬뜩했다.

"……잠깐만."

"응?"

그러자 가이토가 갑자기 내 손목을 잡았다.

손이 닿은 부분에서 전해지는 열기가 온몸에 퍼져 현기증이 날 뻔했다. 쿵, 하고 한층 강하게 요동치는 심장이 전에 없이 난리를 치기 시작했다.

"뭐, 뭐야?"

교실은 사람들 눈이 제일 많은 곳인데. 리쓰가 없을 때 눈에 띄는 짓은 하지 말았으면 좋겠건만.

"역시 너 요즘 좀 이상해. 날 피하는 거지?"

"피하기는 누가 피한다고 그래? 아니니까 놔줘."

그만, 그만. 기쁘지 않아, 하나도 안 기뻐. 나는 마음속으로 계속 외쳤다.

내 손목을 감싼 커다랗고 단단한 손, 나를 향한 가이토의 진지한 눈빛에 점점 숨 쉬기가 힘들어졌다.

여자애들이 보면―.

"뭐 해?"

소프라노처럼 높은 목소리를 신호로 내 손목에서 가이토의 손이 재빨리 떨어졌다.

목소리가 들린 쪽을 쳐다보자 안 그래도 커다란 눈을 더 크게 뜬 리쓰가 서 있었다. 리쓰의 표정이 어쩐지 어색했다.

어쩌지. 대번에 식은땀이 내 이마에 맺혔다. 내가 뭐라고 설명할지 머리를 굴리고 있을 때였다.

"아, 리쓰. 고생 많았어. 어쩐지 미즈키가 날 피하는 것 같아서 화내는 중이었어."

"앗, 그래? 미즈키, 그러면 안 되지. 가이토한테 잘해줘~ 알았지?"

가이토가 대수롭지 않게 대답하자, 표정이 굳었던 리쓰는 뺨을 부풀리더니 그렇게 말했다.

나도 모르게 맥이 탁 풀렸다. 가이토의 한마디로 이렇게 싱겁게 상황이 종료되다니.

"……아아, 응. 알았어."

나는 바싹 마른 입술로 겨우 목소리를 짜내고 고개를 끄덕인 뒤, 이번에야말로 도서실에 가려고 두 사람에게서 등을 돌렸다.

"그럼, 내일 보자."

"응, 안녕!"

교실을 나선 나는 복도를 걸으며 방금 있었던 일을 돌이켜

보았다.

자신을 피한다고 생각한 가이토가 내 손목을 붙잡고 못 가게 하자, 심장이 고장난 게 아닌가 싶을 만큼 두근거렸다. 물론 다른 사람의 주목을 끌기는 싫었지만, 가이토의 손길이 닿은 것도, 가이토가 이렇게 나만 똑바로 바라본 것도 처음이었다. 가이토의 손에서 전해진 열기를 지금 당장이라도 다시 떠올릴 수 있다.

하지만 가이토는 다르다. 내 가슴이 얼마나 떨렸는지도 모를 테고, 어디까지나 소꿉친구로서 행동했을 뿐 가이토가 일희일비하는 대상은 예나 지금이나 리쓰 하나다. 가이토 입장에서는 이런 건 전부 아무 일도 아니다. 리쓰의 남자친구니까 그게 당연하고, 괜히 의식하는 내가 더 이상하다. 그렇게 나 자신을 타이르다 보니 마음이 서글퍼졌다.

도서실 문을 열자 약간 쌀쌀했다. 마음을 차분히 가라앉히기 위해 숨을 깊이 들이마시자, 희미한 금목서 향기가 코를 스쳤다. 하지만 여유 부릴 시간은 없다. 얼른 내 특등석에 짐을 놓아두고 부랴부랴 서가로 향했다.

'만나고 싶다'는 사토의 말에 진지하게 답하기가 어쩐지 부끄러워서 어제는 일부러 장난스러운 답장을 보냈다. 거기에 사토는 뭐라고 답했을까. 『마음』을 펼치자 평소처럼 편지지가 끼워져 있었다.

그렇구나. 미안, 잊어버려.

너랑 나는 절대 마주치지 않을 거야.

장담할 수 있어.

참, 새삼스럽지만 아이하라에 대해

이것저것 알고 싶으니까 가르쳐 줘.

좋아하는 건 뭐야?

"응……?"

나도 모르게 서가 앞에서 작은 목소리를 흘렸다.

"미안, 잊어버려"라니, 뭐야 그게. 나는 그 답변이 일단 불만이었다.

그 말로는 좀 모자란다고 해야 할까. 왜 만나자고 좀 더 적극적으로 밀어붙이거나 정체를 밝히지는 않는 걸까?

사토는 늘 이렇다. 느닷없이 마음을 표현하는가 싶더니, 다음 순간에는 이성을 되찾고 그 마음을 없었던 것으로 해버린다. 그럴 때마다 매번 크게 동요하는 내가 바보처럼 느껴졌다.

그제야 비로소 깨달았다. 난 어쩌면 '만나고 싶다'라는 사토의 말에 기뻤는지도 모른다. 그래, 분명 순수하게 기뻤다. 그래서 잊어버리라는 말에 그 기쁨까지 부정당한 것 같아서 충격받은 거다. 이럴 줄 알았으면 농담하듯 답장하지 말고, 솔직한 감정을 적을걸 그랬다고 약간 후회했다.

그나저나 '절대 마주치지 않을 거야'라니, 이 영문 모를 자신감은 어디서 오는 걸까. 같은 책에 편지를 끼워놓는 방식으로 편지를 교환하니까, 절대 마주치지 않을 거라고 딱 잘라 말할 수는 없을 텐데. 마주치지 않을 거라고 단언할 수 있는 시간대에 편지를 넣어둔다면, 예컨대 도서실 문을 열기 전이나 문을 닫은 뒤, 또는 수업 중…… 내가 편지를 확인하지 못할 시간대를 있는 대로 떠올려보다가 흠칫 놀랐다. "수업이 없을 때도 도서실에는 자주 오는 편이랄까"라는 고짱의 말이 떠올랐다. 교사인 고짱이라면 수업 시간에도 어렵지 않게 편지를 넣을 수 있다.

잠깐만…… 고짱일 가능성이 아주 높은 게 아닐까? 신원을 한사코 밝히려 하지 않는 건, 교사라는 직책상 문제가 있으니까 그런 거라고 생각하면 수긍이 간다. 정체를 들키지 않으리라고 자신만만한 것도, 이런 경우는 보통 상대방이 학생이라 믿고서 편지를 교환할 테니까 그런 거고.

설마 정말로 고짱, 그러니까 사토 선생님일까? 고짱이라면 교사면서 나를 마음에 두고 있다는 뜻이다. 에이, 아무리 고짱이 젊고 착하고 학생에게 인기가 많다지만 교사와 학생은…….

"그럴 리가 있나."

나는 마구 뛰는 심장을 진정시키려고 애쓰며 소리 내 나 자신을 타일렀다.

그렇다. 정체를 절대 들키고 싶지 않았다면 애초에 '사토'라는 성을 대지 않았을 것이다. 사토의 정체와 관련해서는, 왜 첫 편지에 자신의 정체와 직결되는 본명을 썼느냐는 커다란 수수께끼가 미해결 상태로 남아 있다. 하기야 이름이 없었다면 나는 수상쩍게 여겨 답장을 쓰지 않았을 것이다. '사토'라는 이름이 적혀 있었기 때문에 내가 그 사람을 기억하지 못하는 거라면 미안하다는 마음에 답장을 쓰기로 한 것이다. 뭐, 이 궁금증도 물어본들 어차피 사토는 가르쳐주지 않겠지. 정체를 알아내면 해결될지도 모르니까 이 문제는 일단 제쳐놓고, 지금까지 받은 편지를 힌트 삼아 사토를 계속 찾아보기로 결심했다.

난 과자 만들기나 요리 같은 걸 좋아해.

수예도 자주 하고.

하지만 다들 이런 건 나랑 안 어울린대서,

아무한테도 말 안 해.

사토한테 이야기한 게 처음이야.

사토의 편지에 있던 질문에 답변하는 답장을 썼다. 사토에게
는 숨기고 있던 내 취미를 망설임 없이 밝힐 수 있었다. 역시
사토의 얼굴을 모르고, 어느 정도 거리가 보장된 관계이기에
마음을 열 수 있다.

　아까 분홍색 리본이 달린 내 스트랩을 보고 가이토도 "너한
테 진짜 안 어울린다"라고 했다. 솔직히 가슴에 사무치는 말이
었다. 나를 리쓰의 친구 정도로 생각하는, 나를 잘 모르는 사람
이 그렇게 말하는 것과, 어릴 적부터 알고 지낸 소꿉친구인 가
이토가 그렇게 말하는 건 차원이 전혀 다르다. 사토는 뭐라고
할까?

　『마음』을 서가에 돌려놓으려고 일어서자 치마 호주머니 속
에서 망가진 체인이 희미하게 소리를 냈다.

　근사한 취미네.

　좀 더 자신을 드러내도 괜찮다고 봐.

　편지만으로도,

　난 아이하라가 충분히 귀엽게 느껴지는데.

옆에 너무 예쁜 친구가 있으니까

날 드러내고 싶어도 그러기 힘들어.

사람들이 깬다고 여길까 봐 무서워.

귀엽다든가, 그런 말은 금지!;;

◇◇◇

그렇구나.

언젠가 아이하라의 진짜 모습을

알아봐 줄 사람이 나타날 거야.

어쩌면 이미 가까이에 있을지도 모르고.

요즘 학교 생활 하면서 뭐가 재미있어?

◇◇◇

응, 그러면 좋겠다.

학교에 재미있는 건 딱히 없는데…….

미안해, 재미없는 인간이라.

학교는 별로 안 좋아해.

◇◇◇

학교를 안 좋아한다고?

그거 아깝네.

인생에 한 번밖에 없는 고등학교 2학년을

즐기지 않으면 손해지.

◇◇◇

아깝다니 웬 참견~

넌 재미있는 모양이니 그럼 됐잖아!

그러는 사토는 학교 생활 중에 뭐가 재미있는데?

그로부터 2주일간, 사토와 편지를 계속 교환했다. 도중에 중간고사가 있어서 내가 도서실에 들르지 않거나 답장이 늦기도 했지만, 사토의 편지는 내 마음이 의지할 곳으로 변해갔다.

내내 비밀로 해온 아기자기한 취미와 취향을 사토에게 처음으로 털어놓은 뒤, 긍정적이지는 않더라도 부정적이지도 않은 답장이 오기를 바랐다. 사토와 내가 깊은 관계는 아니지만, 어떤 방식으로든 나를 알고 있었다면 내 실제 취향과는 다른 이미지를 품고 있어도 이상할 것이 없고, 나를 드러냄으로써 그 이미지가 깨지지는 않을까 걱정됐다. 하지만 사토는 내가 바란 것 이상의 답장을 주었다. '귀엽다'는 말은 솔직히 너무 멋쩍어서 거부 반응이 일었지만, 그 문장에는 눈부실 만큼 긍정적이고 거짓 없는 마음이 담겨 있었다.

편지만 보면 사토는 분명 올곧은 사람일 것 같다. 가끔 그게 부럽기도 하고 나와 멀게 느껴지기도 한다. 나는 평소 리쓰에 대한 질투심과 친구 관계에 대한 갈등으로 고민하는 데다 부정적이고 때로는 비굴하기까지 한 성격이라, 결코 사토처럼 올곧은 사람이 관심을 가질 만한 인간이 아니다. 사토가 이런 나의 어디에 끌린 건지 새삼 궁금했다.

그것보다도, 나는 어떤 이상한 느낌을 지울 수 없었다.

"……라."

그게 사토는―.

"……라, 아이하라!"

"네엣!"

아차차, 지금은 수업 중이다. 늘 성실하게 수업을 듣는데, 오늘은 그만 멍하니 사토 생각에 빠지고 말았다.

"85페이지 읽어보렴."

"아, 네."

현실로 돌아오자 교과서를 한 손에 든 고짱이 교단에서 내게 시선을 보내고 있었다. 다른 아이들도 내 쪽을 힐끔힐끔 돌아보았다. 나는 허둥지둥 일어나서 교과서를 읽었다.

"······이유도 모르고 떠맡은 것을 얌전히 받아들여, 이유도 모르고 살아가는 것이 우리네 숙명이다."

"좋아. 그럼 다음은 다치바나."

나는 창피함과 조바심을 억누르며 해당 페이지를 다 읽은 뒤 가슴을 쓸어내리며 자리에 앉았다. 수업을 건성으로 들었으니 자업자득이지만, 반 아이들의 주목을 받는 건 힘들다. 하지만 한번 호명되면 수업 중에 다시는 호명되지 않는다. 그러니 이번에야말로 마음 놓고 생각에 빠질 수 있다.

사토는 우리 학교 학생이 아니지 않을까, 그것이 내가 품은 이상한 느낌이었다. 스스로도 엉뚱한 생각이라고 생각한다. 하지만 우리 학교 학생이라면 아무래도 편지 내용이 맞지 않는 것 같다. 지난번에 시험 이야기를 했을 때 사토는 마치 남의 일 같은 말투로 말했고(그때는 공부에 자신이 있어서 그렇게 말하는 줄 알았다), 이번에도 마치 고등학생이 아닌 듯한 투로 답신이 왔다. 하지만 편지를 읽었을 때는 그 낌새를 알아차리지 못해 상대가 고등학생이라는 전제 아래 답장을 썼다가, 이렇게 시간이 흐르고 나서야 이상함을 느낀 것이다.

교사인 고짱은 아닐 거라고 철석같이 믿었지만, 이제는 고짱이 가장 유력한 후보로 부상했다. 학생도 교사도 아니고서야 학교 안에서 편지를 보낼 사람이 달리 누가 있겠는가.

혹시 외부인인가? 그런 억측이 머리를 스쳤다. 이렇게까지 자주 편지를 교환하는데 외부인이라니 말도 안 되지만, 예를 들어 과거와 현재가 이어져 있다거나, 도서실에서 뭔가 기묘한 현상이 일어나는 판타지라면─ 당연히 농담이지만, 사토의 정체를 파헤치면 파헤칠수록 알쏭달쏭해진다.

막막한 기분에 시무룩한 얼굴로 정면을 보자, 종잡을 수 없는 눈빛의 고짱과 눈이 마주쳤다.

난 아이하라와 편지를 주고받는 게 제일 재미있어.

지금까지 살면서 제일.

"으앗."

편지를 읽고 무심코 편지지를 쥔 손에 힘이 들어가서 종이가 살짝 구겨졌다.

온몸의 열기가 얼굴로 몰려오는 게 느껴졌고, 한증막에 있기라도 한 것처럼 온몸이 후끈거렸다. 아마 얼굴은 삶은 문어처럼 빨개졌을 거다.

무슨 소릴 하는 거람……?! 나는 속으로 생각했다.

나와 편지를 교환하는 게 제일, 그것도 '지금까지 살면서' 제일 재미있는 일이라고? 하다못해 학교 행사라든가, 인생이라는 범위 안에서 찾으면 여행이나 취미생활도 있을 텐데.

왜 나와의 편지 교환이 제일 재미있는 걸까? 그래서 기쁘지 않느냐고 물으면 그야 조금은 기쁘지만, 아무리 그래도 너무 과장하는 건 아닌지, 민망해서 못 견디겠다……. 아무튼 사토가 진짜로 무슨 생각을 하는지 전혀 파악할 수가 없다.

내가 남자와 좀 더 적극적으로 친하게 지내는 타입이라면 사토의 마음을 몇십 퍼센트 정도는 더 잘 읽어낼 수 있을까. 하지만 기본적으로 나는 반 남학생에게 먼저 말을 거는 일이 거의 없고, 말을 걸어와도 필요 이상의 대화는 하지 않는다. 쉬는 시간에 가까운 자리에 앉은 남학생과 수다를 떠는 리쓰를 보면, 이런 면에서도 기본적으로 다르다는 걸 느낀다. 물론 설령 용건이 없더라도 리쓰처럼 친근하게 대화하고 지내는 편이 좋다는 건 안다. 하지만 리쓰는 예쁘고 분위기도 잘 살리니까 쓸데없는 이야기로도 자리를 즐겁게 만들 수 있는 것이다. 나 같은 사람이 필요 이상으로 누군가와 친근하게 지내봤자 특별히 득 될 것도 없는 데다 괜히 눈에 띄거나 반감을 살 가능성이 높으므로 지금까지 쭉 얌전하고 평범하게 지내왔다.

요컨대 나는 제대로 가까이 지내본 남자가 정말로 가이토 정도밖에 없다는 뜻이다. 사토의 속마음에 대해 조언해 줄 만한 상대는 가이토뿐이다.

나는 창밖으로 고개를 기울였다. 찌뿌둥하게 흐린 하늘 아래, 긴소매 운동복을 입은 축구부가 운동장을 달리고 있었다. 겨울이 다가오면서 몸 만들기 훈련 코스가 늘어난 모양이다. 중학생 때 가이토가 그런 이야기를 열심히 했던 것 같다.

하지만 지금은 가이토에게 물어볼 수 있는 상황이 아니다.

역시 교실에서는 필요 이상으로 가이토와 대화하고 싶지 않고, 요전에 가이토가 했던 말과 행동이 가슴속에 턱 걸려 있어서 예전처럼 소꿉친구로서 편하지가 않았다. 아까도 내가 교실을 나설 때 동아리 활동 준비를 마친 가이토가 다가왔지만, 나는 가이토에게는 눈길 한번 주지 않고 리쓰에게만 손을 흔들었다.

"후우…… 어쩌지."

한숨을 푹 쉬고 편지에 다시 시선을 떨어뜨리자, 어쩐지 볼펜으로 쓴 글씨가 평소보다 힘없이 느껴졌다. 혹시 이걸 쓸 때 사토도 긴장한 걸까.

편지를 보자 또 얼굴이 화끈거렸다. 쑥스러움에 발치에서부터 근질근질 가려움이 밀려오길래, 나는 아무렇지도 않은 척

다리를 바꿔 꼬았다. 가슴 안쪽에서 밀어내듯 두근두근대는 심장 박동이 귀까지 울려 퍼졌고, 마음을 진정시키려고 할수록 사토의 말이 머릿속에서 되풀이됐다.

사토는 나를…… 좋아하는 걸까? 나는 속으로 혼자 물어보았다.

처음에는 눈에 밟힌다고 했지만 그 뒤로는 딱히 결정적인 대사를 날리지 않았고, '만나고 싶다'고 했던 것도 결국 흐지부지됐다. 사토는 친구가 되고 싶다는 의미에서 첫 편지에다 내가 눈에 밟힌다고 썼는지도 모른다. 이번에 쓴 의미심장한 한마디도, 어쩌면 사토는 즐거움을 표현할 때 '살면서 제일'이라는 과장된 표현을 자주 사용하는지도 모른다. 그렇다면 나는 정말로 창피한 착각을 한 셈이다.

아무것도 모르겠다. 남자의 마음은 너무 어렵다. 별것 아닌 내용이라면 당장 답장을 쓰겠지만, 이런 이야기는 아무래도 버겁다.

"아."

그때 창문으로 어렴풋이 보이는 본관 출입문에 익숙한 실루엣이 나타났다.

이목을 끄는 밝은 금발을 멀리 떨어진 도서실에서도 한눈에 알아볼 수 있었다. 스기우라다.

맞다, 깜박하고 있었다. 나는 스기우라에게 용건이 있다는 게 생각나 급히 짐을 정리해 도서실을 뛰쳐나갔다.

복도를 쌩하니 내달려 재빨리 단화로 갈아 신고 밖으로 나갔다.

"자, 잠깐만…… 기다려!"

나는 기진맥진하면서도 금색 머리칼을 향해 달려갔다.

운동장 사이, 출입문에서 교문까지 이어지는 가로수길을 스기우라는 성큼성큼 걸어갔다. 키가 모델처럼 큰 만큼 보폭도 넓은지, 그냥 걸어갈 뿐인데도 따라잡기가 힘들었다.

"스기우라! 허억, 허억……."

숨을 헐떡이며 마지막 힘을 쥐어짜 소리치자 스기우라가 갑자기 돌아보았다. 그와 동시에 저녁 바람이 불어와 그의 머리카락처럼 금색으로 물든 은행잎이 팔랑팔랑 떨어져 내렸다.

"……뭐냐."

그 날카로운 눈빛에 나는 순간 움츠러들었다. 잊어버리고 있었는데, 이 아이는 문제아다. 학교에서 말을 붙이려는 사람이 거의 없는 외톨이 늑대 같은 스기우라에게 말을 건 것이다.

가로수길 좌우에는 운동장이 있으니 나와 스기우라의 모습이 훈련 중인 야구부와 축구부에게도 훤히 보일 것이다. 이 생뚱맞은 투 숏 때문에 나까지 문제아로 인식될지도 모른다.

"……할 말 없으면 간다."

"아, 잠깐만!"

나는 황급히 어깨에 메고 있던 가방 지퍼를 열고 안주머니에서 반창고를 꺼냈다. 언젠가 줘야 한다고 생각했지만 좀처럼 기회가 없었다.

"이거, 저번에 고마웠어."

반창고를 스기우라에게 내밀자, 그는 반듯하게 잘생긴 눈을 조금 크게 떴다가 부드럽게 오므리고 말했다.

"완전 칼이네. 이런 거야 그냥 넘어가면 그만이잖아."

"왜 웃어? 받은 건 갚는 게 당연하지."

"그런 걸 보고 칼같다고 하는 거야. 뭐…… 준다니 받을게."

스기우라는 반창고를 블레이저 호주머니에 집어넣었다.

"아이하라, 전철 타고 다녀?"

"응."

"나도. 그럼 같이 갈까."

어쩌다 보니 스기우라와 역까지 같이 가게 됐다. 빨리 걷지 않으면 절대로 못 따라갈 줄 알았는데, 우리는 적당한 거리를 유지하며 나란히 걸었다. 다리가 긴 스기우라가 보폭을 조절해 내 걸음걸이에 맞춰준 것이다.

스기우라의 첫인상은 최악이었지만, 몇 번 보는 사이에 무서운 이미지는 사라졌다. 말투는 좀 거칠지만, 실은 다정하고 보통 사람들과 다르지 않다. 문제아라기보다는 그냥 지각 상습범, 덧붙여 땡땡이 상습범이라는 범주에 넣는 편이 어울릴 것 같다. 분명 스기우라는 싸움도 약물도 하지 않으리라.

하지만 스기우라와 함께 있느라 주변의 이목을 끄는 일은 피하고 싶었다. 안 그래도 리쓰라는 두드러지는 친구 옆에 있는데, 더 이상 사람들의 시선을 받기는 싫다. 나는 최대한 풍파를 일으키지 않고 평화롭게 지내고 싶다.

"……보통 작은 반창고 하나를 굳이 갖고 그러냐?"

스기우라가 말했다.

"갖는 게 뭐 어때서. 여자는 다들 꼭 가지고 다니니까 집에 가는 길에 갚았을 뿐이야."

"숨차 죽을 뻔한 걸로 봐서는 그냥 집에 가는 길이 아니었던 것 같은데. 그리고 여자라고 반창고를 꼭 가지고 다니는 건 아니라고. 안 가지고 다니는 애한테 실례니까, 네가 여성스러운 걸로 해두자."

"아, 여성스럽다느니 그런 말 하지 마."

나는 당황해서 부정했다. 평소처럼, 여성스럽다고 평가될 만한 일면은 숨기고 싶었다.

한편으로 스기우라의 말이 왠지 가슴속에 무겁게 내려앉았다. 반창고를 가지고 다니느냐를 기준으로 여자다운지 아닌지를 판단하는 건 역시 잘못됐지만, 그의 눈에 그렇게 비쳤다고 생각하자 신기하게도 기분이 나쁘지는 않았다.

"하지만 너 손수건도 예쁜 거 가지고 다니잖아. 그야말로 아기자기한 거."

"아, 아니야. 어…… 내가 무슨 손수건을 가지고 다니는지 네가 어떻게 알아?"

"네 치마 주머니 좀 볼래?"

스기우라의 손끝을 따라 시선을 옮기자 내 치마 주머니에서 분홍색 손수건이 빼꼼 튀어나와 있었다.

"!"

너무 창피하다. 언제부터 튀어나와 있던 걸까.

나는 새빨갛게 달아오른 얼굴로 손수건을 얼른 주머니 깊숙이 밀어 넣었다.

어차피 화장실에서밖에 안 쓰니까 손수건 정도는 예쁜 걸 가지고 다니고 싶어서, 평소 레이스나 프릴이 달렸거나, 작은 꽃이나 리본이 수놓인 손수건을 사용한다.

제일 마음에 들었던 하얀 레이스 손수건은 어디론가 사라졌지만.

"으아, 몰랐네. 알려줘서 고마워."

"……천만의 말씀."

해가 점점 빨리 떨어지는 계절이라 두꺼운 구름에 뒤덮인 하늘은 금세 어두워졌다. 학교를 나서고 얼마 지나지 않아 나무와 함께 서 있는 인도의 가로등이 켜져서 땅바닥에 따스한 빛을 비추었다.

역까지 몇 분 안 걸리지만 혼자 집에 돌아가면 어쩐지 기분이 축 처져서, 누군가와 이야기하면서 가면 기분 전환도 되고 좋을 것 같았다. 그렇다면 매일 가이토와 함께 돌아가는 리쓰에게는, 평소 내가 혼자 터벅터벅 걸어가는 이 몇 분이 분명 즐겁고 소중한 시간이겠지. 같은 시간을 보내도 리쓰와 나의 행복감은 전혀 다를 수 있겠다는 걸 새삼 실감했다.

"그런데 요즘은 어때? 편지 상대는 찾았어?"

스기우라가 갑자기 생각난 듯 물었다. 뜻밖에도 나와 사토의 상황이 신경 쓰이는 모양이다.

"아니. 전혀 모르겠어. 하지만 드디어 범위가 좁아진 것 같은 느낌이……."

나는 거기까지 말하다 어떤 일이 번쩍 떠올라 머뭇머뭇 물어보았다.

"……저기 있지. 물어볼 게 있는데……."

"엉?"

152

"그게, '아이하라와 편지를 주고받는 게 지금까지 살면서 제일 재미있다'고 편지에 적혀 있었는데, 이 말 무슨 뜻인 것 같아……?"

가이토에게 물어볼 수 없다면 스기우라에게 물어보자. 나는 그런 생각으로 단단히 마음먹고 말을 꺼냈다.

스기우라라면 분명 남에게 발설하지 않을(발설할 상대가 없을) 테고, 일단 남자니까 의미 있는 조언을 해줄지도 모른다.

"그야 말 그대로의 의미겠지."

하지만 돌아온 건 그 한마디뿐이었다.

"말 그대로라니, 그건 당연히 그렇겠지! 그게 아니라 나를…… 어떻게 생각한다는 뜻이냐고."

"글쎄? 모르겠는데."

틀렸다. 스기우라는 전혀 도움이 안 된다.

기껏 용기내서 물었는데, 그것도 개인적으로 아주 부끄러운 내용까지 밝히면서 물었는데, 기대에 못 미치는 대답이라서 나는 고개를 푹 떨구었다.

뭐, 스기우라한테 물어본 게 잘못이었나. 좀 더 감수성이 풍부한 사람한테 물어볼걸 그랬다. 나는 어이가 없어서 앞을 보고 좀 더 빨리 걸으며 말했다.

"좀 더 진지하게 생각해 주면 안 될까? 뭐라고 답장할지 진지하게 고민 중이란 말이야."

이제 남에게 조언을 바라지 않고 혼자 어떻게든 결정해서 답장할 수밖에 없을 듯했다.

그렇게 체념했을 때, 갑자기 커다란 손이 내 손바닥을 감싸는 감촉이 느껴졌다.

"어……?"

놀라서 옆을 올려다보자 내 손을 잡은 스기우라가 다정한 시선을 보냈다.

"난 아이하라와 이야기하는 게 지금까지 살면서 제일 재미있어."

심장이 강하게 뛰었다. 피가 폭주하듯 세차게 온몸을 돌고, 마주 닿은 손에서 손으로 열기가 단숨에 전해졌다.

"뭐, 뭐라고……?"

"말하자면 이런 거잖아."

스기우라가 손을 탁 놓았다.

"걔는 분명 너한테 호감이 있다는 뜻."

……속았다. 한순간 가슴이 두근거린 걸 취소하고 싶었다.

스기우라가 갑자기 손을 잡고 다정한 목소리로 말하는 바람에 크게 동요했다. 나만 쩔쩔맸다는 게 마음에 들지 않았다.

"그, 그런가."

나는 일부러 무표정한 얼굴로 무뚝뚝하게 말했다.

"부끄러워하기는."

"하나도 안 부끄럽거든."

"웃기고 있네. 얼굴은 빨개 가지고."

"시끄러워……!"

스기우라와 티격태격하다 보니 어느덧 역에 도착했다. 우리
는 역 구내로 들어가서 개찰구로 향했다.

"저기…….."

그러다 낯익은 사람을 보고 나도 모르게 발을 멈췄다.

"왜?"

"아니, 저기 있는 사람…….."

내가 응시하는 방향으로 눈을 돌린 스기우라도 그 자리에
멈춰 섰다.

개찰구 옆에 고짱이 있었다. 게다가 그 옆에는 몸집이 아담
한 여자가 있었다.

"현대문학 사토잖아."

"저 사람, 부인인가……?"

부드러운 밤색 머리를 느슨하게 틀어 올린 여자는 품에 작
은 아기를 안고 있었다.

몰랐다. 고짱이 아내와 아이가 있었나. 평소 학교에서는 결

혼반지를 안 끼니까, 분명 싱글인 줄 알았다.

"여기서 이러고 있을 순 없으니, 민망하지만 들어가자."

"아, 응. 그러자."

역 개찰구를 통과하려면 이야기를 나누고 있는 고쨩 옆을 지나가야 하므로 우리는 걸음을 옮겼다. 스기우라 말마따나 선생님의 사생활을 맞닥뜨리다니 민망했지만, 미소를 띤 채 아기를 대하는 고쨩이 학교에서와 다름없이 온화해 보여 안심됐다. 분명 고쨩은 가정에서도 좋은 아빠겠지.

거리가 있어서 띄엄띄엄 들리던 말소리가 개찰구에 가까워질수록 조금씩 뚜렷하게 들려왔다.

"……응, 고쨩도 빨리 좋은 사람 찾아, 알았지?"

"알았다니까. 행복하게 지내……. 에리."

고쨩의 입에서 나온 이름에 귀가 반응했다. 언제 어디서 들은 이름인지 생각하고 있다가, 여자와 손을 흔들고 헤어진 고쨩과 눈이 마주쳤다.

"아이하라……."

고쨩은 구슬퍼 보이는 표정으로 옆에 있던 스기우라에게도 시선을 주었다.

"이런 우연이 다 있네. 나도 전철로 통근해."

"……선생님, 요전에 저한테 에리라고……."

그때 생각이 난 것과 동시에 무심코 말을 꺼내고 말았다.

그렇다. '에리'는 내가 도서실에서 고짱을 무심코 별명으로 불렀을 때, 돌아본 고짱이 내게 한 말이었다.

방금 두 사람의 대화로 추정컨대 고짱은 에리 씨와 부부가 아닌 건가?

"죄, 죄송해요."

바로 사과하자 고짱은 난감한 듯한 웃음을 지으며 짐짓 밝은 투로 말했다.

"들었나 보구나. 아까 그 사람은 선생님이 옛날에 사귀었던 사람이야."

고짱이 선뜻 털어놓을 줄은 몰랐기에 깜짝 놀라서 한순간 무슨 말인지 이해가 되지 않았다. 하지만 방금 두 사람의 대화와 지금 고짱의 표정으로 미루어 보자 쉽게 상상이 갔다.

……고짱은 분명 지금도 에리 씨를 좋아하는 거다.

"지금도 좋아해요?"

"앗, 스기우라!"

스기우라가 아무렇지도 않게 불쑥 그런 말을 꺼내서 내가 다 당황스러웠다.

무섭다. 문제아인지를 떠나서 질문이 너무 직설적이고 생각을 곧장 꺼내놓는다는 점이 무섭네.

"글쎄다……. 그런가."

고짱은 스기우라에게 화를 내지도 짜증을 부리지도 않고, 변함없이 웃는 얼굴로 말을 얼버무렸다.

왜일까. 고짱이 몹시 힘들어 보여서, 보는 나까지 심장이 아파왔다.

고짱을 사토로 의심하는 내 개인적인 입장 때문에 이렇게까지 감정이 이입되는 걸까.

다정하면서도 생생한 활기를 띤 수업 시간의 미소와는 전혀 달라서 어쩐지 안타까웠다. 나는 불쑥 입을 열었다.

"서, 선생님, 저한테 무리하는 느낌이 든다고 하셨잖아요. 저는…… 선생님이 무리하시는 것처럼 보여요."

스기우라가 곁에 있는 탓일까, 나까지 평소보다 솔직하게 말해버렸다. 평소 같으면 이렇게 남의 마음을 사정없이 파헤치는 짓은 하지 않는데. 감정의 변화에 남들보다 민감해도, 굳이 그걸 표현하지는 않는데.

아니다. 나는 알고 싶은 것이다. 고짱이 나를 걱정하면서, 본인의 감정에는 덮개를 씌워버리는 이유를.

"어른은 이래저래 제약이 많거든. 잘 풀리지 않는 일이 있더라도 나이를 먹으면 거기에 일일이 슬프거나 아프다고 표현할 수가 없어져."

"하지만 그건 어른이라는 걸 핑계로 삼는다고밖에는 말할 수 없어요……."

"응, 핑계일지도 모르겠네. 하지만 감정대로 살 수 있는 건 정말로 젊은 시절뿐인걸. 너희는 실패와 후회를 경험하며 앞으로도 성장할 수 있으니 지금 이 시기를 소중히 여기렴."

"그런 게 어른이라면, 어른은…… 사토 선생님은 괴로운 심정을 어디에 푸나요?"

일단 말을 꺼내자 멈출 수 없었다. 스기우라는 곁에서 묵묵히 나와 고짱의 대화에 귀를 기울이는 것 같았다.

"보세요, 선생님…… 울고 계시잖아요."

내 말에 고짱은 멍하니 자신의 뺨을 문질렀다. 손가락에 묻은 눈물을 본 고짱의 얼굴에 당혹스러운 기색이 번져 나갔다.

에리 씨와 헤어지고 나서 고짱의 눈은 내내 젖어 있었다.

자신이 울고 있다는 걸 깨달은 고짱은 한순간 괴로운 듯 눈을 꼭 감았다가 고개를 들었다. 눈물과 함께 쌓여 있던 감정이 흘러넘친 건지, 고짱은 마치 수돗물을 세게 튼 것처럼 갑자기 빨라진 말투로 사연을 쏟아내기 시작했다.

"……결국 나는 사랑의 주인공이 아니었다는, 그런 이야기야. 대학교 때 가정사로 수렁에 빠져 있던 에리를 구해줬으니, 에리가 계속 내 곁에 있으리라고 오만한 마음을 품었던 걸까.

설마 취직해서 서로 멀리 떨어지고 얼마 지나지 않아서 임신했으니 헤어지자는 말을 들을 줄은 몰랐어. 하필이면 청혼하려고 반지를 사러 간 날에……."

미소를 잃지 않았지만 희미하게 떨리는 목소리가 고짱의 상처받은 마음을 대변했다.

이렇게 간추린 이야기만 들어도 가슴이 뭉개질 것처럼 아프니, 당시 고짱의 기분이 어땠을지는 헤아릴 수가 없다. 몇 년이나 일편단심이었던 만큼 더욱더.

"하필 에리가 친정에 왔을 때 이렇게 딱 마주칠 줄이야. ……미안하다. 꼴사나운 모습을 보인 데다 애당초 학생에게 할 만한 이야기도 아닌데. 내가 너희보다 훨씬 어린애 같네."

"아니에요. 어른이고 아이고 그런 거하고는 상관없다고 생각해요……."

"아아, 학생들을 제대로 본다고 생각했는데, 나도 의외로 보는 눈이 없었네. 아이하라가 이렇게 심지가 굳은 학생인 줄은 몰랐어. 아니면 가까이 있는 사람의 영향을 받아서 그런가."

고짱이 묵묵히 내 옆에 서 있는 스기우라에게 시선을 주었다. 고짱은 어쩐지 아까보다 후련해진 표정이었다.

"나 아닌데요. 얘가 변한 건 다른 사람 때문이에요."

"누구 말이야?"

"뭘 시치미를 떼? 그 편지 상대가 너를 도와준 거잖아."

스기우라는 내 눈을 보고 똑 부러지는 투로 말했다.

사토가 내 변화의 원동력이 됐다는 건가. 돌이켜 보면 사토 료스케 선배의 가방이 버려졌을 때도, 사토 고헤이 선생님이 괴로워하는 지금도, 예전 같았으면 남의 일이라는 생각에 절대로 관여하지 않았을 것이다. 나와 무관한 일에 쓸데없이 참견한들 좋은 결과는 나오지 않을 것이라 여겼기 때문이다.

하지만 요즘, 평소 생각이나 그때그때의 심정을 마음속에 잘 갈무리하지 못하고 겉으로 드러내게 됐다. 그리고 그렇게 하니 의외로 기분이 좋다. 마음이 개운할 뿐만 아니라, 내 뜻이 전해져 상대와 마음이 통하는 게 이렇게 행복한 일인 줄 몰랐다.

이제부터 나와 직접 관련된 일들에서도 상황이 나빠질까 봐 두려워하지 않고 솔직해질 수 있다면…….

"나라고 다 아는 건 아니지만, 살면서 자신을 성장시켜 주는 사람과 만나기는 쉽지 않아. 그런 사람과의 인연은 평생 소중히 하렴. 멀어지고 나서 깨달으면 늦을 때도 있으니까."

고쨩의 말이 가슴속에 푹 박혔다.

사토와의 만남은 내 인생에서 둘도 없이 소중한 사건이다.

멀어지고 나면 그때는 늦는다. 그렇게 생각하자 마음이 속박에서 풀려난 기분이었다.

지금 내 마음속에서 사토의 존재가 커져가고 있다는 걸. 그와 동시에 가이토를 좋아하는 기분이 점점 옅어지고 있다는 걸 깨달았다.

물론 가이토를 소중하게 여기는 마음은 변함없다. 하지만 순수한 사랑과는 다른 감정이 들었다.

오랜 세월 가이토와 가까이 지내다 보니, 내 마음이 어느덧 집착에 가까운 감정으로 변해버린 것이다.

리쓰에 대한 콤플렉스로 속상하고 공허해진 마음을 가이토를 통해 채우려 했는지도 모른다. 그리고 가이토에게 들어간 시간, 마음, 노력이 헛수고가 된다는 두려움 때문에 그를 포기하기가 어려워졌는지도 모르겠다.

나는 더 이상 가이토를 순수한 마음으로 좋아한다고는 할 수 없다. 이 사실을 인정하자 마음이 확 가벼워졌다.

"이만 가봐야겠어. 여러모로 민망한 모습을 보여서 미안하구나."

"아니요, 아니에요. 학교에서 뵈어요."

고짱은 스마트폰을 꺼내서 화면을 보더니, 그렇게 말하고 우리에게 손을 흔들었다.

고짱은…… 사토 선생님은 사토가 아니었다.

사토는 스마트폰이 없다고 했다. 그리고 사토와 달리 일인칭으로 '보쿠[•]'를 쓰는 것도 지금 생각하면 사토가 아니라고 추론할 수 있는 요소였다.

선생님께 너무 건방지게 충고했나? 멀어지는 고짱의 뒷모습을 보면서 나는 그만 불안해졌다. 나도 내가 교사의 일에 참견하고 나설 줄은 몰랐다.

"……야, 너 좀 멋지다?"

그때 스기우라가 불쑥 말했다.

"노, 놀리지 마."

"진짜야. 난 거짓말 안 해."

"흠, 거짓말을 안 하는 게 아니라 못 하는 거겠지."

"야, 내가 그렇게 멍청해 보이냐."

스기우라가 내 머리를 살짝 쥐어박으려 하길래 나는 주먹을 피하면서 별생각 없이 물어보았다.

"……저기, 빨리 어른이 되고 싶어?"

"……글쎄, 생각해 본 적은 없지만 어른이 된다고 나쁠 건 없을 것 같은데. 넌 어때?"

"난 내내 빨리 어른이 되고 싶었어. 내게 학교는 너무 좁고 답답하고 종종 피곤한 곳이거든. 빨리 어른이 돼서 좀 더 자유

•   일본에서 남자가 사용하는 일인칭 중 하나. 사토는 '오레'를 사용한다.

로워지고 싶었지. 하지만…… 어른도 편하지만은 않은가 봐."

나는 앞을 응시하며 말했다.

"음, 그야 네가 하기 나름이겠지. 어른이 된다고 반드시 자유로워진다는 보장은 없어."

스기우라는 장난기 없는 표정으로 내 질문에 진지하게 대답했다. 그의 옆얼굴은 어른스러워 보이는 한편으로, 사그라들 것처럼 허전하기도 했다.

"자, 우리도 이만 가자."

"아, 응."

나는 스기우라를 따라 개찰구를 통과했다. 우리는 전철이 올 때까지 잡담을 나누고 연락처를 주고받았다. 스기우라가 연락처를 달라고 했을 때 나는 우리가 연락할 일은 없을 거라고 거절했지만, "또 남자 마음을 모르겠을 땐 어쩌려고?"라는 스기우라의 구슬림에 넘어가서 연락처를 교환했다.

이리하여 '사토 찾기'는 다시 원점으로 돌아갔다.

잡힐 것 같아서 막상 손을 뻗으면 순식간에 빠져나가니 손 안에 아무것도 남지 않는 기분이다. 쫓아갈 수 없다. 다다를 수 없다.

사토의 정체를 언제 알아낼 수 있을까? 앞이 깜깜하지만 지금 할 수 있는 일은 초조해하지 말고 편지를 계속 교환하며 실마리를 찾는 것뿐이다. 일단 빨리 답장을 쓰자. 어떻게 사토를 찾아낼지 고민하는 건 그다음이다.

나는 사토가 궁금하다. 사토에 대해 알고 싶다. 좀 더 그 애와 가까워지고 싶다.

지금까지는 그게 단순히 사토가 누구인지 모르기 때문이라고만 생각했었다. 아무것도 몰랐던 나는 정말로 태평했었다. 지금까지는…….

제4장

눈물 젖은 달빛

열린 교실 창문으로 불어드는 바람은 상쾌하지만 차갑고, 맑은 하늘에는 하얀 베일에 감싸인 것처럼 어슴푸레한 해가 아직 낮은 위치에서 빛을 발하고 있었다. 11월인데도 겨울인가 착각할 만큼 쌀쌀해, 오늘 아침에는 도무지 이불 속에서 빠져나올 수가 없었다. 나는 수업 시작 직전에 등교하는 일이 좀처럼 없지만, 오늘만큼은 시간이 빠듯했다. 결과적으로 늦지는 않았지만 하마터면 지각할 뻔했다.

어제는 결국 같은 방향으로 가는 스기우라와 함께 전철을 타고 가다가 내가 먼저 내렸다. 나는 집에 도착하자마자 메모장을 꺼내 사토에게 답장을 썼다. '난 아이하라와 편지를 주고받는 게 제일 재미있어. 지금까지 살면서 제일'이라는 말에 어느 정도의 온도로 답장해야 좋을지 몰라서 한참을 고민하다가, 몇 번이나 고쳐 쓴 끝에 드디어 답장을 완성했다.

실은 나, 좋아하는 사람이 있었는데,

걔는 내 단짝이랑 사귀고 있어.

학교를 좋아하지 않는 이유 중에

그게 큰 비중을 차지하는지도 몰라.

하지만 지금은 사토와 편지를 주고받는 게

학교에 다니는 재미야.

나는 자리에 앉아 가방을 무릎 위에 올리고 들키지 않도록 가방 속에서 편지를 다시 꺼내 읽었다. 이 내용으로 답장을 보내도 후회하지 않을지 몇 번이나 확인했다. 그리고 1교시와 2교시 사이의 쉬는 시간인 지금, 도서실에 가기로 결심했다. 사토가 이걸 언제 볼지는 모르지만, 아무래도 빨리 보내고 싶었다.

무엇보다 내 곁에 계속 놓아두고 싶지 않았다. 내용이 내용이니만큼 오늘 수업이 다 끝날 때까지 기분이 싱숭생숭할 테고, 사토의 답장은 빨라도 내일에야 온다. 아무리 짧아도 하루넘게 편지를 책 사이에 끼워놓고 기다려야 한다는 게 심적으로 힘들었다. 오전 중에 편지를 끼우고, 만약 오늘 방과 후에 바로 답장을 준다면 기다리느라 생각이 많아져 밤잠 못 이룰 걱정은 없다. 그 가능성에 매달리고 싶었다.

나는 쪽지 한 장만 들고 자리에서 벌떡 일어섰다.

고백한 경험은 없지만 고백의 답변을 기다리는 시간이 이렇지 않을까. 뭐라고 답장할지 걱정돼서 아무 일도 손에 잡히지 않을 그 시간을 최대한 줄이고 싶다. 다시 한번 말하지만 나는 고백한 적이 없으며, 애당초 이건 고백도 뭣도 아니지만…….
아마 기분은 다르지 않을 것이다.

"어? 미즈키, 어디 가?"

그때 리쓰가 갑자기 말을 걸었다. 나는 놀라서 반사적으로 편지를 등 뒤에 숨겼다.

"화장실에 갔다 오려고."

"그럼 나도 갈까. 사실 미즈키에게 좀 확인하고 싶은 소문이 있었는데……."

"앗, 나, 급해서 혼자 다녀올게."

"자, 잠깐만……!"

리쓰가 따라오면 곤란하다.

나는 조급한 마음에 리쓰의 말을 막고 교실을 뛰쳐나와 복도로 나갔다.

너무 막무가내로 떼어내서 리쓰가 토라지지는 않을까. 일말의 불안을 느끼면서도 편지를 보내기 위해 서둘러 도서실로 향했다.

복도에서 마주치는 학생들이 전부 나를 힐끔힐끔 보는 것만 같아서 어쩐지 찜찜했다. 기분 탓이겠지만 묘하게 가슴속이 어수선하다.

스기우라가 어제 그랬다. "걔는 분명 너한테 호감이 있다는 뜻"이라고.

나는 그 말을 믿는다. 그렇기에 좋아하는 사람이 있었다는 사실과 그게 이루어질 수 없는 짝사랑이었다는 내용을 답장에 쓴 것이다. 만약 사토가 그저 인간적인 측면에서 나를 궁금해한다면 그 이야기에 별 흥미가 없겠지만, 내게는 결국 마지막 한 문장에 다다르기 위한 전제였기에 이상해 보이지 않았다.

편지에 쓴 내용은 거짓이나 꾸밈이 없는 내 본심이었다.

1교시와 2교시의 사이 쉬는 시간이라 그런지 도서실에는 아무도 없어 마치 세상에 나 홀로 남겨진 것 같았다. 어떤 의미에서 으스스한 공간이었다.

쉬는 시간은 10분밖에 안 되므로 평소보다 빨리 『마음』을 서가에서 꺼내 페이지를 넘겼다. 적당한 곳에 얼른 편지를 끼우려고 했을 때였다.

―부스럭.

"어……?"

어느 페이지에서 손이 멈췄다.

책을 쥔 양손이 서서히 떨리고 머릿속이 새하얘졌다.

거기에는 편지 한 장이 끼워져 있었다.

이제 아이하라와 편지를 주고받을 수 없어.

"사카모토 료마는 암살당한 걸로 유명한데, 실은 료마가 암살당할 것을 예상하지 않았겠느냐는 이야기도 있어. 그 증거로 누나인 오토메에게 보낸 편지에는…….."

평소 수업을 열심히 듣는 국사 시간이지만, 지금은 아무 말도 귀에 들어오지 않았다.

칠판 앞에 선 선생님의 목소리가 수백 미터는 떨어져 있는 것처럼 아득하게 들렸다.

……진정하자.

뭔가 사정이 있을 것이다. 아니라면 사토가 이유도 밝히지 않고 그런 편지를 남길 리 없다.

갑자기 편지를 주고받을 수 없게 된 건…….

책상 속에 넣어둔 사토의 편지를 몇 번이나 다시 보며, 다양한 가능성을 고민해 보고 제멋대로 상상을 펼쳤지만, 사토의 마음은 전혀 읽을 수가 없었다.

힘없는 글씨가 눈에 들어올 때마다 누군가가 가슴을 꽉 움켜쥔 것처럼 아팠다. 슬프다기보다 '왜? 어째서?'라는 답답한 의문이 머릿속을 내달렸다.

이 아픔은 뭘 나타내는 걸까. 그 감정이 명백한 형태와 이름을 가지고 바로 내 앞에 다가오는 것 같았다.

……난 사토를 좋아하는 걸까.

머릿속에 떠오른 생각을 애써 떨쳐냈다.

아니, 그럴 리 없다. 얼굴도 목소리도 모르는데 그런 일이 있어서는 안 된다.

나는 사토에 대해 아무것도 모른다. '사토'라는 성씨 말고는 정말로 아무것도 모른다.

그래서 질문을 할 방법도 없는 것이다. 편지를 교환할 수 없다고 하면 거기서 끝이다. 설령 편지를 써서 책에 끼워놓아도, 답장이 오지 않으면 의미가 없으니까.

편지 교환은 역시 상대가 있어야 성립하는 법이다.

그러니 역시 잠깐 편지를 주고받았을 뿐인 상대와 사랑에 빠진다는 건 이상하다. 누구에게도 밝힐 수 없는 일을 털어놓고 마음을 나누었기에 특별하게 느꼈을 뿐. 분명 그렇다.

딩동댕동.

깜짝 놀라 고개를 들자 시곗바늘이 오전 수업이 끝나는 시각을 가리키고 있었다.

어느 틈에 끝난 걸까. 생각에 빠지면 평소 길게만 느껴지는 50분 수업도 순식간이다.

나는 한숨을 쉬고 책상 옆에 걸어둔 도시락에 천천히 손을 뻗었다.

"미즈키."

"……?"

그때 머리 위에서 나지막한 목소리가 들려서 올려다보자 가이토가 서 있었다.

"어, 왜……?"

지금까지 가이토가 점심시간에 내 자리로 온 적은 없었으므로 나는 어쩔 줄 모르겠는 기분으로 물었다.

뭔가 급한 용건이라도 있는 걸까? 아무 용건도 없이 내 자리에 오지는 않을 테고, 그냥 잡담이나 할 거라면 방과 후도 상관없을 텐데. 나는 가이토의 행동에 의아할 수밖에 없었다.

무표정한 가이토의 입에서 의외의 말이 튀어나왔다.

"단도직입적으로 물을게. 어제 스기우라 도마랑 같이 집에 갔어?"

스기우라……? 나도 모르게 눈이 커졌다.

"아아, 응. 맞아."

가이토가 왜 그걸 확인하는 걸까 당황스러웠지만, 나는 태연하게 고개를 끄덕였다. 내 반응에 한순간 놀라던 가이토의 표정이 바로 험악하게 바뀌었다.

"미즈키, 스기우라와 친했어?"

"아니, 친하다기보다는……."

친구는 아니지만 생판 남도 아닌 스기우라와의 관계를 정확히 설명하기가 어려워서 말문이 막혔다.

그때 가이토 뒤로 도시락 가방을 들고 내 자리로 오는 리쓰가 보였다. 딱히 중요한 이야기도 아닌데, 가이토는 대체 뭘 알고 싶은 걸까.

"둘이 사귀어?"

"엥?"

내 목소리가 아닌 것 같은 괴상한 목소리가 튀어나왔다. 의아한 나머지 나는 눈살을 찌푸린 채 되물었다.

"아니, 갑자기 무슨 말이야?"

"둘이 손 잡는 걸 봤다는 소문이 돌아. 나도 어제 동아리 활동 시간에 너희 둘이 같이 가는 모습을 봤고."

스기우라 이 자식이 장난삼아 그런 짓을 하니까…….

이상한 헛소문이 퍼졌나 보다. 나는 어처구니가 없는 한편으로, 그때까지의 모든 일이 비로소 이해됐다.

오전에 리쓰가 내게 확인하고 싶은 소문이 있다고 한 것도,

복도에서 다른 아이들의 시선이 내게 집중되는 느낌을 받은 것도, 내가 문제아인 스기우라와 함께 집에 가는 게 목격됐기 때문이다. 게다가 손을 잡았다는 옵션까지 추가. 몹시 불쾌한 건 변함없지만, 순식간에 소문이 퍼져서 내가 주목받는 것도 무리는 아니겠다 싶었다.

그보다 문제는 왜 가이토가 이렇게 반쯤 추궁하다시피 어제 일을 묻느냐는 것이다.

"안 사귄다니까. 자, 이제 이 이야기는 끝."

리쓰가 가이토 뒤에서 우리 대화가 어떻게 흘러갈지 불안해하며 지켜보고 있길래 나는 이야기를 억지로 끝내려고 했다.

하지만 역효과만 불러일으켰는지, 가이토는 불만스러운 듯 목소리를 높여서 말을 이었다.

"사귀지도 않는데 손을 잡다니 이상한 거 아니야?"

"걔가 장난으로 그런 거야. 깊은 의미는 없어."

나는 차분하게 변명하면서도 속으로는 초조했다.

리쓰는 우리 대화에 끼어들지 못하겠는지, 입을 살짝 다문 채 가이토 뒤에 우두커니 서 있었다. 가이토는 안 보이겠지만, 내 눈에는 리쓰의 표정이 훤히 보였으므로 빨리 이 쓸데없는 이야기를 그만두고 싶다는 생각이 강해졌다.

"대체 왜 문제아니 뭐니 말이 많은 놈과 어울리는 거야? 너

답지 않게."

나다운 게 뭔데?

가이토의 말에 지금까지 미소를 유지하던 나도 조금 짜증이 났다.

가이토는 도대체 무슨 말을 하고 싶은 걸까.

"너, 요즘 아무래도 이상해. 나도 자꾸 피해 다니잖아."

어째선지 화제가 전환되며 가이토의 목소리에 점점 힘이 들어가자 반 아이들이 조용해진 게 피부로 느껴졌다. 좁은 교실에서 사귀지도 않는 남녀가 말다툼을 하니까 귀를 기울이는 것도 당연하다. 정말이지 이쯤 하자 싶었다.

"피하는 거 아니야. 그보다 빨리 점심 먹어야……."

"아무튼 스기우라와는 가까이하지 마. 장난으로 손을 잡다니, 장난에도 정도가 있지. 망할 새끼."

내가 어떻게든 분위기를 수습하려고 부드럽게 말해도 가이토는 화를 낼 뿐이었다.

아아, 제발 그만해.

가이토가 나를 생각해서 충고하는 건 잘 알겠지만, 더는 리쓰 앞에서 이런 이야기를 하고 싶지 않았다.

우리 이야기를 듣고 있던 주변 아이들 사이에서 "뭐야, 무슨 난리야?", "이치노세랑 아이하라는 무슨 사이야?"라는 목소리가 들려와서 더 조바심이 났다.

"스기우라가 소문처럼 무서운 사람은 아니니까 걱정 안 해도 괜찮아."

"그래 봤자 스기우라가 문제아인 건 변함없어. 너랑 얽히지 않았으면 좋겠어."

"내가 누구랑 친하게 지내든 너랑은 상관없잖아?"

결말이 나지 않고 계속되는 응수에 지친 나머지, 나도 가이토의 말에 욱해서 쏘아붙였다.

"당연히 상관있지. 넌 내 소꿉친구니까. 나한테 소중한 사람이라고."

"뭐야······. 그게."

원래 같았으면 기뻤을 텐데 왠지 지금은 그 말이 듣기 싫었다. 단념했다지만 내내 짝사랑해 온 가이토가, 소꿉친구라는 전제를 달았다고는 해도 내가 소중하다고 말하며 나를 걱정해 주고 있으니, 지금까지의 나였다면 세상 행복했을 것이다.

하지만 지금은 가이토의 태도와 말이 전혀 달갑지 않았다. 솔직히 내버려 뒀으면 좋겠다는 마음이 더 강했다.

"······하나도 안 기쁘니까 그런 소리 하지 마."

내가 고개를 돌리자 가이토는 더욱 격앙되어서 다그쳤다.

"우리가 몇 년이나 함께 지냈는 줄 알지? 네가 상처받는 건 싫다고."

더는 안 된다. 나는 가이토에게 날카로운 시선을 던지며 입을 열었다.

"조금은 리쓰의 마음을 생각……."

거기까지 말했을 때였다.

떨그럭.

리쓰가 놓친 도시락 가방이 바닥에 떨어졌다. 플라스틱 도시락통이 깨지는 소리가 나자, 나는 물론이고 반 아이들의 시선이 집중됐다.

주변은 안중에도 없던 가이토도 이때만큼은 정신이 들었는지 뒤를 돌아보았다.

"……흑, 으으, 흑……."

리쓰가 조용히 흐느꼈다.

천진난만하고 늘 밝게 웃는 리쓰가 서글프게 찡그린 얼굴로 투명한 눈물을 흘리고 있었다.

나는 리쓰가 우는 걸 처음 보았다.

어쩌지. 어쩌면 좋지.

"……흑."

리쓰는 교복 소매로 대충 눈물을 훔치고 그대로 몸을 돌려 교실을 빠르게 뛰쳐나갔다.

"아, 리쓰……."

얼른 쫓아가려고 한 발짝 내디뎠을 때, 검은 형체가 내 옆을 재빨리 스치고 지나갔다.

"리쓰……! 잠깐만."

가이토였다.

방금 전까지만 해도 나에 대한 걱정으로 머릿속이 가득했을 가이토가 안색이 변해서 리쓰를 쫓아갔다.

어……?

나도 모르게 멈춰 서서 교실을 뛰쳐나간 리쓰와 쫓아가는 가이토의 뒷모습을 바라보는 게 고작이었다. 그 자리에 남겨진 건 리쓰가 떨어뜨린 도시락과 나뿐이었다.

팽팽하던 끈이 뚝 끊어진 것처럼, 조용했던 교실이 다시 소란스러워졌고, 이 상황을 지켜보던 반 아이들이 멋대로 떠들어 댔다.

"와씨~ 삼각관계였어? 아니면 설마 이치노세가 양다리 걸친 건가?"

"릿짱이 너무 가엾어. 미즈키짱이랑 단짝이잖아? 실은 둘이 사이가 안 좋나?"

"아, 여자들은 무서워. 근데 나나세가 우는 거 처음 봤는데, 역시 예쁘더라."

"이치노세랑 헤어지면 나나세를 노려볼까."

"어쭈, 네 수준으로는 무리지."

여기는 대체 뭘까.

몇십 명이 모여 있는 교실에서 나만 외톨이가 된 느낌이었다. 반 아이들의 수군거림이 전부 나를 욕하는 소리로 들렸다.

모두 나를 비난한다. 그만해, 나를 보지 마.

눈을 감고 양손으로 귀를 꽉 막아도 환청인지 현실인지 분명치 않은 반 아이들의 목소리가 계속 메아리쳐서 머리가 욱신욱신 아팠다. 더는 교실에 있을 수 없어서 납덩이처럼 무거운 다리를 움직여 교실을 나섰다.

나는 평소 늘 리쓰와 책상을 붙이고 도시락을 먹는다. 이대로 교실에 있은들 주변의 시선을 견디며 혼자 도시락을 먹기는 너무나 괴로울 것이다.

내 의지와 상관 없이 다리가 무의식중에 도서실로 향했다. 도서실이라면 마음을 진정시킬 수 있으리라는 확신이 있었던 것이다.

도중에 빈 교실 앞을 지나가다 남녀의 목소리를 들었다.

"……그러니까, 정말로 미안해."

"미즈키는 좋은 애고, 가이토가 걱정하는 것도 이해는 해. 하지만 가이토가 질투하는 것 같은 기분이 들어서…… 흑."

가이토와 리쓰다.

리쓰를 쫓아간 가이토가 빈 교실로 데려와서 이야기를 하자고 한 것이리라. 불도 켜지 않고 칠판 앞에 마주 선 두 사람의 모습은, 침침한 가운데서도 정말로 그림 같았다. 마침 조금 열려 있던 문 앞에서 나는 움직일 수 없었다.

나와 직접 관련된 이야기라 아무래도 신경이 쓰였다. 나는 문 뒤에 몸을 숨기고 고개만 내밀어 빈 교실을 훔쳐보았다.

"실은 미즈키를 좋아하는 게 아닌가 싶을 때도 있었고……. 그렇다면 분명하게 말해줘."

리쓰는 눈물을 글썽이며 가이토에게 말했다.

솔직히 방금 전 가이토의 태도에는 나도 놀라지 않을 수 없었다. 그냥 소꿉친구치고는 노골적으로 감정을 드러내며 기를 쓰는 모습이라, 지금까지 본 적 없는 가이토의 또 다른 면을 본 느낌이었다.

하지만 나는 가이토의 심정을 손바닥 들여다보듯이 잘 안다. 분명 나와 똑같을 테니까.

그건 절대 연애 감정이 아니라 소꿉친구에 대한 집착이다. 어린 시절부터 알고 지냈기에 모르는 부분이 늘어나면 초조와 불안을 느끼고, 상대의 변화를 받아들이지 못한다. 나와 가이토는 서로에게 그런 존재다.

"걔는 그냥 소꿉친구야."

가이토가 딱 잘라 말했다.

"하지만 그렇게 보이지 않……."

"미즈키는 옛날부터 얌전하고 반듯했고, 남자애들이랑 가깝게 지낸 적도 별로 없었어. 그래서 문제아로 유명한 녀석과 손을 잡고 다녔다는 소문에 너무 놀라서 어떻게 된 거냐고 캐물은 거야. 머리를 식히고 나니 미즈키에게도 미안한 짓을 했다 싶네. 걔도 언제까지나 어릴 적 모습 그대로는 아닐 테니까."

가이토는 리쓰밖에 보이지 않는 듯한 눈으로 말을 이었다.

"내가 좋아하는 건 리쓰 너뿐이야. 내 마음은 영원히 변하지 않아."

"응, 나도……."

가이토가 리쓰에게 한 발짝 다가가더니 팔을 벌리고 흐느껴 우는 리쓰를 끌어당겼다. 가이토의 품에 뛰어든 리쓰는 얼마나 많이 좋아하는지 증명이라도 하겠다는 듯 가이토를 꼭 끌어안았다.

내가 지금 뭘 보고 있는 걸까. 의도치 않게 솟아오른 눈물이 조용히 뺨에서 턱을 타고 흐르다 복도에 떨어졌다.

가이토는 결국 나를 소꿉친구로밖에 여기지 않았고, 울면서 교실을 뛰쳐나간 리쓰를 바로 쫓아갔다. 두 사람의 관계는 원래대로 회복됐거나, 지금까지보다 더 깊어졌다.

뭐야, 이게. 내 입장은? 남은 나는 어떻게 되는데?

꼭 끌어안은 두 사람을 보자 심한 통증이 가슴을 덮쳤다. 숨쉬기가 힘들어도 내게 손을 뻗어줄 사람은 아무도 없다.

"……미즈키에게 사과해야겠네."

"아, 그렇지."

아쉬운 듯 천천히 몸을 뗀 두 사람은 가까이에서 서로를 바라보며 그렇게 말했다.

정말이지 비참하다. 눈물 때문에 두 사람의 모습이 점점 흐려졌고, 내 마음은 이미 한계에 다다랐다. 소맷자락으로 눈물을 쓱 닦고 그 자리를 떠났다.

듣지 말걸 그랬다. 보지 말걸 그랬다. 그런 후회가 밀려와서 또 눈물이 넘쳐 흘렀지만, 이제 닦을 기력도 없어서 그냥 눈물을 뚝뚝 흘리며 복도를 걸었다.

이게 무슨 눈물인지 나도 모르겠다.

나는 아직 가이토를 포기하지 못한 걸까. 그래서 가이토가 의미심장한 태도를 보이다가 결국 손바닥 뒤집듯이 다시 리쓰를 선택해서 충격받은 걸까? ……절대로 아니다.

왜냐하면 스기우라 일로 가이토가 나를 닦달했을 때, 뒤에서 서글프게 고개를 숙인 리쓰를 보고 단 한 순간도 쌤통이라고 여기지 않았으니까. 아무리 내가 가이토를 좋아했더라도, 리쓰에게 상처를 주거나 리쓰를 끌어내리면서까지 가이토가 나를 돌아봐 주기를 바란 적은 지금까지 한 번도 없었다. 내게 그토록 독한 마음과 영악한 머리가 있었다면 처음부터 어떤 행동에 나섰을 것이다. 결국 나는 가이토를 짝사랑하고 리쓰를 질투하면서도 리쓰를 잃을까 봐 무서워서 아무것도 하지 못하는 사람이었다.

모르겠다. 내 일인데, 내 마음을 나도 잘 모르겠다.

사토, 나는 어쩌면 좋을까? 가르쳐줘.

"하지만 이제 사토에게는 기댈 수 없어……."

혼자 중얼거린 말은 바로 조용한 복도에 흩어져 사라졌고, 가슴에는 공허감만 남았다.

사토와 마음을 나눌 수 없다는 걸 실감할 때마다 깨닫는다. 그동안 사토가 나를 얼마나 많이 도와주고 기운을 북돋아 주었는지를.

오후 수업이 시작되기 직전이었다. 나는 하는 수 없이 도서실에 가기를 그만두고 교실로 돌아갔다.

"2호선 문이 닫힙니다. 조심하시기 바랍니다."

전철 안내방송과 함께 푸쉭, 소리를 내며 문이 닫히려 하자,

학생과 회사원이 숨을 헐떡이며 황급히 문틈으로 뛰어들었다. 차창 너머 진한 남색과 담홍색 하늘의 석양에 구름이 겹쳐 해질 녘의 황혼이 더욱 돋보였다.

전철 승객은 친구와 즐겁게 이야기를 나누는 사람, 피곤한지 자는 사람, 우울한 표정으로 스마트폰을 만지작거리는 사람 등등 각양각색으로, 저마다 오늘 하루를 어떻게 보냈는지가 훤히 보이는 듯했다.

물론 나의 하루는 요 며칠 중에서도 특히 정신적으로 힘들었다. 아무것도 할 기분이 들지 않아 앉아서 흘러가는 풍경만 바라보았다.

그날 가이토는 나를 과보호하듯 걱정해서 미안하다고, 리쓰는 갑자기 울음을 터뜨려서 미안하다고 각각 사과했지만, 내 마음은 밝아지지 않았다. 결국 사과는 말로써 끝이다. 리쓰도 가이토도 반 아이들도 모두 나를 두고 가버렸다. 나를 봐주는 사람이라고는 하나도 없는 것 같아서 누구를 믿고 누구에게 마음을 열면 좋을지 통 알 수 없었다.

"……저어."

그때 갑자기 위에서 목소리가 들려서 슬쩍 고개를 들자, 전철 손잡이를 붙잡고 선 남학생이 나를 보고 있었다.

갈색이 도는 머리는 곱슬거리고, 긴 속눈썹이 안 그래도 큰 눈을 더욱 강조했다. 입꼬리가 올라간 작은 입술과 뽀얀 피부가 귀여워서 중성적인 인상을 줬다.

누굴까. 처음 보는 얼굴이고 우리 학교 교복도 아니다. 분명 옆 동네에 있는 사립 남학교 교복이다.

"아이하라 미즈키, 맞죠?"

"엇, 그게……."

나는 말문이 막혔다.

내 이름을 알고 있어서 깜짝 놀랐다. 나는 그를 방금 처음 봤는데, 어째서 그는 나를 알고 있을까.

모르는 사람이 갑자기 말을 거는 건 전철로 통학하면서 처음 겪는 일이라, 심장이 멎을 만큼 놀랐다.

나는 머리도 몸도 얼어붙어서 아무 말 못 하고 눈만 깜박거렸다.

"괜찮아요? 어쩐지 기운이 없어 보여서."

그가 당황한 내게 결정타라도 날리듯이 친근하게 덧붙여서 놀람은 한순간 공포로 변했다.

"누구…… 세요? 어떻게 제 이름을……."

바짝 마른 목구멍에서 겨우 쥐어짠 목소리는 혼잡한 전철의 소음에 약간 지워질 만큼 작았다. 하지만 그는 알아들었는지 붙임성 있는 웃음을 띠고 말했다.

"사토 야마토라고 해. 실은 늘 그쪽과 같은 전철을 타는데, 역시 몰랐구나."

사토……?! 나는 그 성씨에 날카롭게 반응했다.

이런 우연이 있을까. 평소 같은 전철을 타고 다니는 여학생이 기운 없어 보인다는 이유로 말을 건 사람의 성이 사토라니.

공포는 어느새 열어지고, '사토'라는 이름이 불러온 애절한 예감만 가슴을 깊이 후벼 팠다.

아아, 믿을 수 없는 일이 일어났다.

"이번 역은 하나사카, 하나사카역입니다."

갑작스러운 만남에 심장이 너무 두근거려서 잠자코 사토 야마토만 바라보던 나는 전철 안내방송과 문이 열리는 소리에 정신을 차렸다.

"느닷없이 말 걸어서 미안해. 그럼 안녕."

"앗, 어떻게 내 이름을……."

내가 재빨리 꺼낸 질문은 사람들이 하차하는 소리에 묻혔고, 사토 야마토도 어느새 시야에서 사라졌다.

문이 닫히고 천천히 출발한 전철은 서서히 역에서 멀어졌다.

"후우……."

꿈인지 현실인지 모르겠다.

나는 가슴에 손을 대고 진정하려 애썼지만, 귓속까지 울리는 심장 소리는 그치지 않았다.

사토 야마토라……. 나는 그의 성과 이름을 속으로 되뇌어 보았다.

나는 말도 안 된다고 생각하면서도 사토와 편지를 교환하는 동안 그가 우리 학교 학생이 아닐 수도 있지 않을까, 라는 가능성을 완전히 버리지 못했었다. 보통은 다른 학교 학생은 우리 학교 도서실에 들어갈 수 없지만, 뭔가 좋은 방법이나 조력자가 있었다면…….

아니, 아니, 괜히 상상력을 발휘하지 말자. 지금까지도 '사토'라는 성씨에 과잉 반응하다가 완전히 틀린 추리를 했다. 내 주변에 있는 '사토' 성씨의 남자라고 해서 나와 편지 교환을 하는 사토라고 단번에 결론 내리는 건 좋지 않음을 배웠다.

다만 사토 야마토가 그 사토가 아니라고 해도, 같은 전철을 타는 것이 고작인 내 존재를 신경 쓰고 있었던 것은 사실이다. 리쓰처럼 미모가 대단하지도 않건만 다른 학교 남학생이 나를 기억하다니 놀라웠다.

사토 야마토는 어디서 내 이름을 알았을까…….

○ ○ ○

그로부터 몇 주가 지났다. 달리 특별한 일은 없었지만, 그렇다고 해서 완전히 평온하다고는 할 수 없는 나날이 이어졌다.

예전 같은 태도로 리쓰를 대할 수가 없어진 것이다. 리쓰가 가이토와 사귀어서 질투 나는 게 아니라, 슬픈 일이 있어도 리쓰에게는 바로 손을 뻗어주는 사람이 있다는 사실이 나를 옥죄었다. 딱히 단짝인 내가 아니더라도 가이토, 사쿠라, 마이 등 리쓰에게는 남녀불문하고 손을 뻗어줄 사람이 많다는 것이 더욱 괴로웠다.

나는 리쓰가 말을 걸어도 웃지 않고 무뚝뚝한 태도로 대답했다. 그 때문에 우리는 거북한 분위기로 같이 점심을 먹거나 이동 수업을 받으러 가곤 했다. 그렇다고 싸운 건 아니므로 리쓰를 완전히 피하며 따로 다닐 수도 없는 노릇이라, 우리는 기묘한 하루하루를 보냈다.

아니, 우리라기보다 나라고 하는 편이 옳을지도 모르겠다. 리쓰는 내가 아무리 무뚝뚝하게 대해도 지금까지와 다름없이 상냥하게 말을 건다. 리쓰를 거부하고 분위기를 어색하게 만드는 건 결국 나뿐이다.

"미즈키~ 나 오늘 동아리 활동 쉬는데 같이 쇼핑 안 갈래?"

"미안. 볼일이 있어서."

"그렇구나. 그럼 어쩔 수 없지~ 주말에는 언제 시간 나?"

방과 후, 매일같이 내 자리로 오는 리쓰가 스마트폰의 일정 앱을 열며 밝게 물었다. 안 그래도 학교에서 같이 있기가 거북한데, 주말까지 이 상태로 지내면 견딜 수 없을 것 같아서 나는 자연스레 거짓말을 했다.

리쓰는 부러울 만큼 배짱이 있다. 내가 피한다는 걸 모르지는 않겠지만, 내가 거리를 두어도 기죽지 않고 과감하게 다가오는 것만 봐도 배짱이 두둑하다.

"음, 당분간은 안 될 것 같아."

"에이, 그렇게 바빠? 동아리 활동도 안 하면서 대체 무슨 볼일이 그렇게 많아?"

별 뜻 없이 뱉은 말이었겠지만, 나는 신경에 거슬렸다.

학교와 집만 오가니 한가할 텐데, 라는 말로 들려서 나는 곧장 가시 돋친 말투로 받아쳤다.

"내가 뭘 하든 무슨 상관인데? 너한테 내 일을 일일이 다 보고해야 해?"

"그, 그렇게 무섭게 말할 것 없잖아. 내가 선물한 스트랩이 망가져서 달고 다니질 않길래, 새로 사러 같이 가고 싶었을 뿐인데……."

리쓰는 쓴웃음을 지으며 말끝을 흐렸다.

"왜, 또 네 취향을 강요하려고? 내 생일에 준 그 스트랩도 결국 네가 가지고 싶었던 걸 사면서 같이 샀을 뿐이잖아."

"그런 소리 마. 미즈키한테 어울리겠다 싶어서 고른 거야. 선물 줬을 때도 기뻐했잖아?"

"그때는 그렇게 반응할 수밖에 없었어."

나 스스로 심하다고 생각하면서도 멈출 수 없는 악담에, 리쓰는 구슬프게 고개를 숙이고 치뜬 눈으로 바라보며 말했다.

"요즘 미즈키, 나한테 좀 차갑네. 무슨 일 있어?"

내가 차가워진 게 자기 때문은 아니라고 생각하는 그 태평함에 더욱 화가 났다. 지금의 나로서는 무슨 말을 들어도 좋게 받아들일 수가 없었다.

"……리쓰는 좋겠어. 늘 재미있는 일이 넘치고 고생도 안 하고, 웃기만 해도 다들 편 들어주니까. 옆에 있는 내 기분은 생각해 본 적도 없지?"

"미즈키……."

할 말을 잃은 리쓰는 눈도 한번 깜박이지 않고 내 눈을 바라보았다.

"어차피 나는 리쓰를 돋보이게 하는 시녀 역할에 불과하잖아. 뭐, 이제는 그런 취급에도 익숙해졌어. 리쓰는 나를 이해해 볼 생각 없이 헤실헤실 웃고만 있어도 다들 좋아해 주니까 참 편하겠다."

"시녀라고 생각한 적 없어! 미즈키도 나 몰래 뭔가 숨기고 있잖아!"

리쓰가 당장이라도 울음을 터뜨릴 것 같은 표정으로 소리쳤다. 분명 사토와 편지를 교환한 일을 가리키는 거겠지. 리쓰가 편지 교환에 대해 참견하지 않았으면 해서 혼자 도망치듯 도서실에 가거나 편지를 숨기곤 했다. 어째선지 나와 사토만의 비밀로 하고 싶었기 때문이다.

"숨기긴. 너한테는 말할 수 없을 뿐이야."

"나를 전혀 못 믿는다는 뜻이야……? 나는 미즈키를 내내 제일 친한 친구라고 생각했는데."

"이제 그런 건 상관없어."

내가 낮은 목소리로 대꾸하며 리쓰를 외면했을 때 옆에서 "야" 하고 목소리가 들렸다.

"미즈키짱, 말이 너무 심한 거 아니야?"

시선을 돌리자 집에 가려던 사쿠라가 나를 노려보고 있었다. 옆에 있던 마이도 날카로운 눈빛을 던졌다.

"방금 들었는데, 아무리 그래도 릿짱한테 너무 심한 거 아니야? 남의 기분도 좀 생각해."

"미즈키짱, 너 릿짱한테만 유독 툭툭거릴 때가 있더라. 이치노세나 다른 남자애들 앞에서는 안 그러면서. 왜, 스기우라하고도 친한 모양이던데."

두 사람은 마침내 나에 대한 표면적인 배려를 집어치우고 본심을 드러냈다.

내가 침만 꿀꺽 삼키고 아무 대꾸도 못 하자, 리쓰가 아까의 구슬픈 표정은 어디로 갔는지 난처한 듯 웃으며 말했다.

"미즈키는 엄청 상냥해. 내가 푼수 끼가 넘쳐서 가끔 세게 지적할 때도 있지만."

얘는 이 지경에서도 나를 두둔하는 걸까.

……아아, 아니다. 리쓰에게 상처 주는 말을 잔뜩 했는데 리쓰가 진심으로 내 편을 들어줄 리 없다. 리쓰의 말은 전부 나를 동정하고 연민하는 마음에서 비롯된 것이고, 착한 모습을 보이면 사쿠라와 마이가 더욱 자신을 보호해 줄 거라는 사실을 의식적으로든 본능적으로든 알고 있을 것이다.

"……그렇게 착한 척하는 것도 전부터 마음에 안 들었어."

억누르고 있던 마음의 덮개가 벗겨지자 내 안의 비굴하고 추악하고 편협한 부분이 넘쳐흘렀다. 이런 식으로 심한 말을 퍼붓고 싶지는 않았건만, 내 의지와는 상관없이 리쓰의 마음을 너덜너덜하게 만들 말이 차례차례 튀어나왔다.

"뭐라고? 얘 진짜 최악이네! 릿짱, 이딴 애랑 친하게 지낼 것 없어."

"미즈키짱이 이렇게까지 성격이 별로인 줄 몰랐어. 외면도 내면도 릿짱이 아까워."

사쿠라와 마이가 귀신처럼 무서운 얼굴로 나를 비난했다. 두 사람이 그렇게 나오는 것도 당연하지만 지금의 내게는 전혀 와닿지 않아, 나는 그저 침묵을 지키는 리쓰만 쳐다보았다.

"릿짱, 가자."

"……어, 앗."

마이가 리쓰의 팔을 확 잡아당겼다. 리쓰는 질질 끌려가다시피 두 사람과 함께 교실을 나섰다. 그러면서도 마지막에 나를 돌아보고 눈썹을 축 늘어뜨리며 뭔가 하고 싶은 말이 있는 듯한 표정을 지었다.

교실 문밖으로 세 사람의 뒷모습이 사라지자 평소와 다름없는 복도가 펼쳐졌다. 나는 한동안 움직이지 못한 채 아득히 먼 곳을 바라보듯 복도에 시선을 주었다.

나는 유일한 친구를 잃어버린 걸까. 아니면 내내 리쓰를 싫어했던 걸까. 복잡하게 뒤엉킨 감정이 가슴을 옥죄었다.

"사토, 나 이제 한계야……. 어쩌면 좋을지 모르겠어……."

기어드는 목소리로 중얼거리고 겨우 내디딘 발이 어느덧 나를 도서실로 이끌었다. 이제 사토가 도서실에 없다는 걸 알면서도 상관없다 싶었다.

오랜만에 들른 도서실은 예전과 전혀 다를 바 없어서 왠지 안심됐다. 방과 후 도서실에 오는 사람은 대개 같은 사람이고, 나처럼 자신만의 지정석에 앉으므로 자연스레 친밀감이 든다.

이제 『마음』을 펼쳐도 편지가 없을 거라 생각하면서도, 실낱같은 희망을 품고 책을 꺼냈다. 하지만 역시 편지는 없었고, 『마음』은 별다를 것 없이 평범한 문고본으로 되돌아갔다.

"……윽."

괴로웠다. 나는 심장이 찢기는 듯한 고통을 애써 의식 밖으로 몰아내고, 창가 자리에 앉아 메모장과 펜을 꺼냈다.

답장이 오지 않는다는 건 잘 안다. 그래도 상관없다. 쓰라린 속내를 어딘가에 토해내지 않으면 마음이 짓뭉개져 죽을 것 같았고, 설령 답장이 오지 않더라도 사토가 언제 어디선가 또 내 편지를 읽어줄 것 같은 기분이 들었다.

나, 단짝한테 심한 말을 했어.

이제 원래 사이로 못 돌아갈지도 몰라.

이런 내가 싫어서 사라지고 싶을 지경이야.

어쩌면 좋을지 모르겠어.

사토, 도와줘.

예전 같으면 곰곰이 생각하면서 썼겠지만, 지금은 마음 가는 대로 마구 써나갔다. 어차피 사토는 보지도 않을 텐데, 자기만족을 위해 쓴들 뭐라고 할 사람도 없다.

마음이 무너질까 봐 필사적으로 억누르고 있던 눈물이 쪽지에 떨어져 작은 얼룩이 생겼다. 요즘 울기만 하는 내게 진저리치며 비처럼 똑똑 떨어지는 눈물을 닦았다.

사토, 도와줘. 내 비통한 외침은 문자가 되어 사라질 뿐, 사토는 이제 날 도와줄 수 없다. 날 구해줄 사람은 아무도 없다.

"……으으, 흑……."

견딜 수 없는 고독함에 눈물이 멈추지 않아, 나는 소리를 내지 않으려 애쓰며 계속 울었다. 엉망이 된 얼굴로 편지를 들고 『마음』이 있는 서가로 갔다. 그러다 서가 안쪽에서 뻗어 나온 다리를 보고 놀라서 다가가자, 스기우라가 카펫이 깔린 바닥에 앉아 꾸벅꾸벅 졸고 있었다.

얘는 정말로 여기서 땡땡이를 치고 있는 것이다. 믿기지 않는 기분으로 물러가려 했을 때 스기우라가 "으음……" 하고 소리를 내며 눈을 떴다.

"어라, 아이하라……."

아직 잠이 덜 깼는지 스기우라는 흐리멍덩한 눈으로 나를 보면서 꼬인 발음으로 내 이름을 불렀다.

매서운 평소 인상에서는 상상도 안 될 만큼 귀여운 표정이었지만, 지금은 눈곱만큼도 두근거림을 느낄 수 없었다.

"벌써 수업 다 끝났나……."

"응, 빨리 집에 가."

나는 스기우라를 상대할 기력조차 남아 있지 않았기에, 짤막하게 대답하고 발걸음을 돌렸다.

"야, 잠깐만."

그러자 완전히 잠이 깬 스기우라가 별안간 내 손목을 잡았다. 그 감촉에 어깨를 움찔하며 돌아보자, 스기우라가 똑바로 쳐다보며 다정하게 물었다.

"아이하라, 울었어?"

"……안 울어. 손이나 놔."

내가 이런 상황에 빠진 원인을 따지자면 스기우라가 불씨를 제공했다고 해도 과언이 아니다. 그런데도 얘는 또 금방 스킨십을 시도한다.

"뭐, 캐묻진 않겠다만, 너 지금 얼굴 상태 심각하니까 이거나 가져가."

스기우라는 그렇게 말하며 옆에 있던 자기 가방에서 손수건을 꺼냈다. 내 얼굴이 얼마나 심각하기에 그럴까 하고 생각하면서 받아 든 손수건을 보자 그만 눈물이 쏙 들어갔다.

"어, 이거⋯⋯."

"아, 나랑 안 어울린다고? 꽤 옛날에 도서실에서 자고 있는데, 침이라도 흘렸는지 일어나 보니까 옆에 있더라. 누가 두고 갔는지는 모르겠지만 어떻게 봐도 여성용이니까 너 줄게."

스기우라가 아무렇지도 않게 설명하는 말이 귀에 전혀 들어오지 않았다. 나는 그저 하얀 레이스가 달린 손수건을 꽉 움켜쥐었다.

이 손수건은 내 것이다. 내가 제일 좋아하는 손수건이었지만 어느 날 잃어버렸다.

물론 난 이걸 스기우라에게 준 기억이 없다.

대체 누가 어디서 이 손수건을 손에 넣었고, 왜 스기우라에게 준 걸까⋯⋯.

"⋯⋯야, 왜 그래?"

"어, 아니, 아무것도 아니야⋯⋯!"

정신을 차리고 고개를 번쩍 들자 마침 창문으로 교문이 보였다. 그 순간 "어⋯⋯" 하는 희미한 목소리와 함께 교문에 내 시선이 붙박였다.

교문에 사토 야마토가 혼자 서 있었다. 심플한 검은색 블레이저를 입은 학생들 사이에서, 선명한 감청색 넥타이와 회색 체크무늬 바지 차림이 워낙 돋보여 하교하는 학생들의 관심이 집중되고 있었다. 주변을 두리번두리번 둘러보는 사토 야마토는 누군가를 기다리는 것처럼 보였다.

내 시선을 좇던 스기우라가 문득 미심쩍다는 듯 고개를 갸우뚱했다.

"어, 설마 너, 저기 서 있는 녀석이랑 아는 사이야?"

"아는 사이라기보단…… 요전에 전철에서 쟤가 말을 건 게 전부야."

"우와, 진짜? 그런 일이 실제로 있구나."

스기우라가 아주 의외라는 표정으로 놀라길래, 무시당한 것 같아서 나는 조금 울컥했다.

"그렇게 예쁘지 않아도 남자가 말을 거는 경험 정도는 한 번쯤 하거든?"

"그게 아니라 조심하라는 거지. 누군지도 모르는 사람은 위험하잖아. 학교까지 찾아오는 것 좀 봐."

"네, 네, 알겠습니다. 이만 갈게. 손수건…… 고마워."

내가 막무가내로 대충 이야기를 끝내자 스기우라는 어이없다는 듯 어깨를 으쓱했다. 나는 걱정해 주는 스기우라에게 괜스레 등을 돌리고, 무심하게 『마음』에 편지를 끼운 뒤 도서실을 뒤로했다.

사토는 분명 답장을 하지 않을 테니 언젠가 다시 도서실에 가서 『마음』을 펼쳤을 때 아까 쓴 편지가 허무하게 남아 있는 걸 보게 되겠지.

무슨 말이든 좋으니 사토가 한마디 해주길 바랐다. 냉정하게 말해, 그냥 아픔을 토로할 뿐이라면 누구에게 어떤 형태로 하든 상관없다. 하지만 그래서는 의미가 없었다. 사토를 대신할 사람은 없다, 사토가 아니면 안 된다는 마음이 강해지자, 편지를 주고받을 수 없다는 사실이 가슴을 더욱 조여왔다.

나는 왜 사토 야마토가 교문에 서 있는지 궁금해져 얼른 본관 출입문에서 실내화를 단화로 갈아 신고 밖으로 나갔다. 가로수길을 걸어 교문을 빠져나온 나는 홀로 멈춰 섰다.

"어……."

사토 야마토는 이미 없었다. 나무에서 떨어져 눈앞의 횡단보도에 내려앉은 낙엽을 자동차가 무참하게 짓밟고 지나갈 뿐이었다.

어디로 사라진 걸까. 허무하게 금방 사라져버리는 것이 다다를 수 없는 사토 같아서, 서글프기도 했고 초조함에 가슴속이 어수선하기도 했다.

∘ ∘ ∘

그로부터 일주일간, 교실에서 나를 받아주는 사람은 아무도 없었다. 리쓰는 사쿠라와 마이를 비롯한 반 여자애들에게 보호받듯 하루를 보냈고, 나는 늘 내 자리에서 방과 후가 되기만을 기다렸다. 리쓰가 가끔 나를 걱정스레 바라보는 것처럼 느껴졌지만, 그렇게 심한 말을 퍼부어 놓고 내가 먼저 말을 걸 자격은 없다는 생각에 나는 리쓰에게 관심을 끊었다. 리쓰도 더는 내게 다가오려 하지 않았다.

역시 리쓰와 늘 둘이 지냈던 만큼 처음에는 혼자 지내기가 어색하고 주변의 시선도 신경 쓰였지만, 일주일쯤 지나자 그런 생활에도 익숙해졌다. 반 아이들도 분위기로 싸웠다는 걸 눈치 챘는지 캐묻지 않았다. 설사 무슨 일인지 궁금한 사람이 있더라도 100퍼센트 리쓰에게 물어보겠지.

나는 학교를 졸업할 때까지 이렇게 고독하게 지낼지도 모른다. 이제 아무래도 상관없다고 자포자기했기 때문인지, 앞으로 약 1년 남짓만 이 좁고 폐쇄적인 공간에서의 생활을 참으면 그만이라고 몇 번이나 나 자신을 타이르며 현실 도피를 했다.

"후우……."

금요일 밤.

우울한 평일이 끝나고 마침내 휴일이 찾아와 평소보다 기분이 좋았다. 책상 앞에 앉아 공부하다 집중력이 떨어져서 문득 창밖으로 시선을 돌렸다. 아직 커튼을 치지 않은 2층 방에서 보이는 밤길과 별이 총총한 하늘을 무심코 빤히 바라보았다.

"……예쁘다."

내 마음은 마치 해가 비치지 않는 밤 같다고 생각했는데, 지금 밤하늘을 올려다보고 있으니 그렇지 않다는 걸 깨달았다. 설령 캄캄한 밤이라도 황금색 보름달과 총총한 별들이 빛나고 있으니 칠흑처럼 어둡게 그늘진 내 마음과는 전혀 다르다. 밤의 빛조차도 내게는 눈부셔서 그 빛이 정말로 부러웠다.

"어……."

슬프지 않은데도 눈물이 뚝 떨어져서 나는 손가락을 뺨에 가져다 댔다. 젖은 손끝이 내가 애써 보지 않으려 했던 내 약한 부분을 보여주는 것 같아서, 가슴이 저릿저릿 아팠다.

모르는 척했을 뿐 사실 나는 몹시 괴로운 걸까. 할 수만 있다면 시간을 되돌려서 리쓰에게 상처 주고 싶지 않다고 진심으로 후회하는 걸까ー.

사토에게 편지를 받고 싶다. 아무리 짧아도 좋으니까 사토와 대화를 나누고 싶다.

눈을 감고 조용히 눈물을 흘리며 생각에 잠기자, 머릿속에 떠오른 리쓰의 웃는 얼굴이 지워지지 않았다.

띠리릭, 띠리릭.

그때 갑자기 스마트폰이 진동하며 벨소리가 났다.

전화가 오다니 웬일인가 싶어 화면을 확인하자, '공중전화'라는 글씨가 떠 있었다.

공중전화? 나는 눈이 휘둥그레졌지만, 일부러 공중전화에서 전화를 걸었으니 뭔가 사정이 있을 것이라 예상하고 머뭇머뭇 통화 버튼을 눌렀다.

"······네."

"······."

"······여보세요?"

상대가 아무 말도 없길래 찜찜한 기분에 전화를 끊으려고 스마트폰을 귀에서 뗐을 때였다.

"······아이하라, 맞아?"

"네?"

귀에 스르르 스며들듯 부드러운 목소리가 내 이름을 불렀다.

"나······ 사토야. 너랑 도서실에서 편지를 주고받았던 사토."

그가 잠시 머뭇거리다 꺼낸 말에 나는 숨이 턱 막혔다.

아니, 사토라니······?

"깜짝 놀랐어? 미안해. 네가 괴로워한다는 걸 알고 나니까 도저히 내버려 둘 수가 없었어."

"아아······."

사토가 전화를 했다니, 꿈인지 현실인지도 모르겠고 도무지 믿기지 않는 기분이었다. 가슴이 벅차 말문이 막혔다.

"괜찮아. 자신을 너무 탓할 필요는 없어. 아이하라가 마음을 쓰기에 따라 앞으로 얼마든지 달라질 수 있을 거야."

어린아이를 안심시키는 듯한 사토의 말투에, 하고 싶은 말이 산더미처럼 많은데도 내 입에서는 "하지만⋯⋯"이라는 기운 없는 한마디만 흘러나왔다.

"마음을 있는 그대로 전할 자신이 없으면, 편지로 전해도 상관없잖아? 나와 편지를 주고받을 때 숨김없이 솔직하게 마음을 말해줬던 것처럼."

사토는 과거를 그리워하듯이 말했다.

사토가 나를 그렇게 봐줬다는 게 행복한 한편으로, 편지 교환이 이미 끝났음을 다시 실감하게 돼서 참을 수 없이 슬펐다.

"주변을 신경 쓰지 말고, 그 단짝만을 보고 속을 터놓는 건 어때? 분명 개도 아이하라를 소중히 여기고 있을 거야. 물론 난 늘 아이하라의 편이야."

여전히 사토와 통화를 한다는 게 실감나지 않는데도, 사토의 말은 내 마음을 다정하게 감싸주었다. 기쁨과 슬픔이 뒤섞인 감정이 북받쳐 다시 눈물이 흘렀다.

"사토, 고마워. 그런데 왜⋯⋯ 왜 이제 편지 교환은 못 해?"

이렇게 다정하게 나를 걱정해 주면서. 안타까움이 부풀어 올라, 나는 어린애처럼 떼쓰듯 물었다.

"미안해…… 다음 주 월요일, 마지막 편지를 보내려고. 그때 사실을 제대로 설명할게."

마지막 편지. 그 말이 내 심장을 꽉 움켜쥐었다.

묻고 싶은 것도, 알고 싶은 것도, 하고 싶은 말도 아직 많은데. 마지막이라니, 그런 건 싫다. 겨우 몇십 초의 통화로는 한참 모자라다.

"내 전화번호는 어떻게 알았어……?"

뚜, 하고 둔중한 부저음이 울리는가 싶더니 덧없이 전화가 끊겼다.

……아아, 끝났다. 어떻게 내 전화번호를 알았는지 물어보고 싶었는데 늦었다.

나는 스마트폰을 쥔 채 가만히 여운에 잠겼다.

정말로 사토였다. 처음으로 대화를 나누었다. 그는 편지와 다름없이 태양처럼 올곧은 사람으로, 내 캄캄한 마음에 길잡이가 될 빛을 비추어주었다.

내가 구렁텅이에 빠져 있을 때만 도움을 주다니, 정말 얄밉기도 하다.

어쩌나. 계속 못 본 척했던 마음이 한계를 맞은 듯 가슴속에

철철 넘쳐흘렀다.

……나는 사토를 좋아한다. 분명 지금보다 훨씬 전부터 좋아했다.

배려심 있고, 든든하고, 내 약한 부분까지 받아주는 사토를 어느새 사랑하게 된 것이다.

어디 사는 누구인지도 모른다거나 모르는 점이 많다거나, 이제 그런 핑계로는 내 마음을 뿌리칠 수 없다. 도망쳐도 도망쳐도 사토를 사랑하는 마음만은 분명히 남는다.

이 기분이 어느 곳으로 흘러갈지는 나 자신도 모르지만, 인정하고 받아들인 것만으로도 조금은 마음이 가벼워졌다.

사토 덕분에 해야 할 일도 보인 것 같아서 나는 앞을 바라보며 결심을 굳혔다.

그리고 공교롭게도 방금 잠깐 통화하면서 중대한 실마리를 들었다. 너무나 믿기 어려워서 부디 착각이기를, 우연이기를 절실히 바랐다.

사토의 목소리 저편에서 들린 것은 "소라가오카 종합병원의 금일 면회 시간은 오후 8시부로 종료되었습니다"라는 기계적인 여자 목소리의 안내방송이었다.

병원에 있다고 해서 꼭 환자라고는 할 수 없다. 환자더라도 몸이 조금 안 좋을 뿐인지도 모른다. 아직 꿈꾸는 기분에 취해 있는 나를 밝은 달과 별자리가 밤하늘에서 지켜보고 있었다.

◦ ◦ ◦

무심코 두 손으로 팔을 감싸 안을 만큼 쌀쌀한 12월 오후, 역 앞 공원에는 옷을 단단히 껴입은 사람들이 드문드문 눈에 띄었다. 공원이라지만 미끄럼틀이나 그네 등의 놀이기구가 있는 건 아니고, 시계탑과 분수, 원형으로 배치된 벤치가 나무에 둘러싸여 있을 뿐이라 광장이라 불러야 어울릴 법한 곳이다. 추위를 견디기 힘들어 모두들 따뜻한 집에 틀어박혀 있는 건지, 비도 내리지 않건만 공원은 평소보다 한산했다.

오후 2시, 나는 시계탑 앞에 서 있었다. 겨울바람 속에서 하얀 입김을 뿜어내며 동아리 활동을 마치고 돌아오고 있을 리쓰를 기다리는 중이었다.

사토가 느닷없이 전화한 금요일 밤, 나는 외면해 온 나의 연약함과 마주했고, 이대로 리쓰와 멀어져 고독하게 지내기는 싫다는 마음을 인정했다. 용서받지 못하더라도, 일단은 사과할 기회를 얻고 싶어서 리쓰에게 연락을 했다. 일요일 동아리 활동이 끝난 뒤라면 만날 수 있다기에 지금 이렇게 리쓰가 오기를 기다리는 중이다.

"음, 늦네……."

스마트폰 잠금 화면에 표시된 시간은 오후 2시 4분. 리쓰가 늦어도 1시 반에는 도착할 거라고 했는데, 약속 시간보다 30분도 넘게 지났다. 평소 덤벙대는 리쓰답게 시간을 착각한 걸까?

……아니, 그럴 리 없다. 리쓰가 아무리 천진난만하고 헤실 헤실 웃고 다닌다지만, 연락도 없이 약속에 늦을 애는 아니다.

걱정된 나는 역 앞 공원에서 학교까지 걸어가 보기로 했다. 동아리 활동을 마치고 온다고 했으니 길이 엇갈리지는 않을 것이다.

싸늘하고 맑은 바람이 나무를 흔들자 마른 잎이 시끄럽게 버스럭거렸다. 나는 그 소리에 재촉받은 것처럼 걸음을 빨리 옮겼다.

"……으세요. 놓으시라고요!"

이 목소리는……. 내 뒤에서 분수가 솟아올랐을 때 익숙한 목소리가 들려서 발을 멈췄다. 주변을 둘러보자 공원 밖 좁은 길에서 남녀가 밀치락달치락하고 있었다.

"어떻게 나를 이상한 사람 취급해?! 내가 너한테 얼마나 잘해줬는데?"

"난 당신 몰라요……! 대체 누구세요?"

리쓰였다. 리쓰가 어떤 남자에게 팔을 붙잡힌 채 인상을 쓰고 있었다. 나는 깜짝 놀라서 두 사람에게 달려갔다.

"뭐 하는 거예요?!"

"미즈키……!"

리쓰는 내 얼굴을 보자마자 도움을 청하듯 애타게 내 이름을 불렀다. 절박한 표정에 나도 마음이 급해져, 남자의 얼굴을 무섭게 노려보았다.

"어라……?"

낯익은 얼굴 앞에서 나는 입을 벌린 채 어리벙벙해지고 말았다.

"사토…… 야마토……?"

"앗, 미즈키, 아는 사람이야?"

눈시울이 붉어진 리쓰가 어리둥절한 표정으로 물었지만, 충격에 휩싸여 사태를 파악하지 못한 나는 아무 대답도 하지 못했다.

"난 말이야, 나나세를 잘 알아. 나나세의 친구라면 친절하게 대해야겠다 싶어서 요전에 아이하라에게 먼저 인사했지. 그런데 나나세가 날 싫어하다니 놀랐어……."

사토 야마토는 멍한 눈으로 말했다. 그 광기 어린 분위기가 섬뜩해서, 나와 리쓰는 동시에 부르르 몸을 떨었다.

"……나, 나한테 말을 건 건 리쓰의 친구라는 걸 알고 있었기 때문인가요?"

"그렇지."

주눅 드는 기색 하나 없이 고개를 끄덕이는 사토 야마토를 보자, 어리석게도 잠깐이나마 나에게 편지한 사토라고 착각한 걸 자책하는 마음과 리쓰를 위협한 것에 대한 분노가 솟구쳤다. 지난번 교문 앞에 서 있었던 것도 분명 리쓰를 기다렸던 것이리라. 완전히 스토커 아닌가.

"난 상관없지만, 리쓰에게만은 해코지하지 마! 얘를 울렸다가는 가만두지 않겠어!"

나는 두려움에 주저하면서도 리쓰를 위해 강하게 위협했다. 하지만 여자인 내가 아무리 화를 내도 사토 야마토는 여유로운 표정으로 입 다물고 있을 뿐이었다.

그렇다면…….

"……싸움을 잘하는 친구가 있는데, 지금 부를 거예요."

나는 스마트폰 연락처에 저장된 '스기우라 도마'를 찾아서 사토 야마토 앞에 척 들이댔다. 그는 조금 놀란 듯 뻣뻣하게 굳은 몸으로 안절부절못하기 시작했다.

스기우라와 전화번호를 교환한 건 이런 일을 위해서였다. ……아마도?

"……저어, 생각났어요. 전에 전철에서 제가 몸 상태가 안 좋아졌을 때, 돌봐주신 분…… 이죠?"

갑자기 옆에 있던 리쓰가 조심스레 입을 열었다.

"그때 정신이 몽롱했던 탓에 잘 기억이 안 나서…… 친절하게 대해주셨는데 이상한 사람 취급한 건…… 죄송해요."

겁내면서도 사과하는 리쓰를 보고 사토 야마토는 한순간 울음을 터뜨릴 것 같은 표정을 지었다. 리쓰와 사토 야마토 사이에 그런 일이 있었던 줄은 몰랐지만, 스기우라를 내세울 수밖에 없는 내 무모한 방법보다 리쓰의 한마디가 몇백 배는 더 사토 야마토의 마음에 와닿은 것 같았다.

"……기억났어?"

"네……."

사토 야마토는 사무친다는 듯이 얼굴을 찡그리며 고개를 숙이더니, 숨을 내쉬며 우리를 똑바로 바라보았다.

"기억났다니 다행이네……. 무섭게 해서 미안해. 나나세에게 인정받고 싶었어. 남자친구가 있다는 걸 알고 더 속상해서…… 결과적으로는 나나세와 아이하라에게 잘못된 짓을 했어."

사토 야마토의 표정은 딴사람처럼 평온해졌다. 리쓰가 자신을 기억한다는 것이 사토 야마토에게는 무엇보다 큰 행복인지도 모르겠다.

하지만 자기를 기억 못 한다는 사실에 충격받았다고 해서 이성을 잃고 리쓰를 다그치며 겁준 건 절대 용서할 수 없다.

"이제 나나세 앞에도 아이하라 앞에도 다시는 나타나지 않을게. 정말 미안해."

사토 야마토는 속이 후련해진 것처럼 머리를 꾸벅 숙이고 등을 돌려 걸어갔다. 그 뒷모습을 보자 신기하게도 리쓰가 다시는 사토 야마토 때문에 무서워하지 않아도 될 것이라는 확신이 들었다.

하지만 낯선 사람에게 느닷없이 위협을 당했으니 리쓰에게는 이 일이 평생 트라우마로 남아도 이상하지 않다. 걱정돼서 리쓰를 힐끗 살피자, 리쓰는 여전히 두려워하는 눈빛이었지만, 그래도 진심으로 안도한 듯했다.

"……괜찮아?"

"응…….''

"스토킹을 당했으면 나한테 상의하지 그랬어. ……아, 나하고 말할 분위기가 아니었나."

"……미즈키, 멋있었어. 고마워."

리쓰는 나와 시선을 마주치며 작게 중얼거렸다.

지금 사과해야 한다. 나는 마음을 단단히 먹고 리쓰에게 똑똑히 말했다.

"……저번에 심한 말로 마음 아프게 해서 미안해. 말로는 마음을 잘 전할 자신이 없어서 편지를 썼는데…… 읽어줄래?"

내가 가방에서 봉투를 꺼내서 건네자 리쓰는 천천히 받아서 편지를 읽었다.

리쓰에게

지난번에는 마음 아프게 해서 정말로 미안해.

누구에게나 인기가 많고,

매일매일이 즐거워 보이는 리쓰가 너무 부러웠어.

나, 실은 베이킹이나 수예처럼

아기자기한 취미를 정말 좋아해.

생일에 스트랩을 선물로 받았을 때도

실은 진심으로 기뻤어.

내가 모두에게 인기가 많은

리쓰의 단짝이어도 될까, 늘 자신이 없었어.

언젠가 나 말고 다른 아이와 친해져서,

날 멀리할 것만 같아 무서웠어.

그렇게 심한 말을 했는데

용서해 줄 거라고는 생각지 않아.

하지만 난 리쓰와 단짝이라서 정말 행복했어.

고맙고, 미안해.

"저기, 미즈키."

편지에 시선을 떨어뜨린 채 리쓰가 내 이름을 불렀다.

"나한테 처음으로 말 걸었을 때, 뭐라고 했는지 기억해?"

"뭐……? 기억 안 나는데……."

"그날 포니테일을 하고 갔었어. 돌아가신 할머니가 만들어 주신 분홍색 꽃무늬 머리띠를 뒷자리에 앉은 미즈키가 칭찬해 줬었지."

"……그랬나?"

듣고 보니 그랬던 것 같기도 하지만, 이미 내 기억은 닳고 바래서 모호해졌다.

"워낙 좋아했던 할머니가 돌아가셔서, 충격으로 매일 바보처럼 웃으며 지내는 게 고작이었어. 그래서인지 중학생 때는 내숭을 떤다느니 기분 나쁘다는 소리를 자주 들었어. 나도 알고는 있었지만…… 억지로라도 웃지 않으면 너무 슬퍼서 말이야. 미즈키도 나를 좋게 생각하지 않는다는 건 어렴풋이 눈치챘어. 늘 폐를 끼쳐서 나야말로 미안해."

"리쓰……."

언제나 낙천적이고 아무 생각도 없어 보이는 리쓰는, 내 생각보다 훨씬 섬세하고 사려 깊은 애였다. 눈물을 글썽이고 있자니 마침 고개를 든 리쓰가 눈물 어린 웃음을 지으며 나를 쳐다보았다.

"아까처럼 위험을 불사하고 나를 구하려 하거나, 진심으로 내 생각을 해주는 사람은 미즈키뿐이야. 난 앞으로도 미즈키랑 베프로 지내고 싶어……."

나는 리쓰에게 힘껏 몸을 맡겼다. 리쓰의 목에 팔을 두르고 다정하게 끌어안았다.

"리쓰…… 미안해. 다들 릿짱이라고 부르는데 나만 리쓰라고 이름을 부를 수 있어서 기뻤는데, 가이토와 사귄 뒤로 개도 널 리쓰라고 불러서…… 리쓰가 멀리 가버릴 것 같아서 내내 서운했어…… 흑."

눈물이 리쓰의 어깨에 뚝뚝 떨어졌다.

말하고 나서야 비로소 깨달았다. 내가 리쓰에게 내내 서운했다는 것을. 리쓰 곁에 있으면서 열등감과 질투심이 생겼던 건, 리쓰가 내게서 멀어졌다는 거리감을 서운하게 여겼기 때문이었다.

리쓰는 내 등에 양손을 꼭 대고 귓가에 속삭였다.

"……미즈키는 의외로 감추는 게 서투르구나? 미즈키가 예쁜 물건을 좋아한다는 건 처음에 말을 걸어줬을 때부터 알고 있었어."

"마, 말도 안 돼."

"정말이야. 반에서 미즈키가 진짜 자기 자신을 드러낼 수 있도록 내 나름대로 유도했는걸? 어설펐던 탓에 역효과였지만. 미안해."

"그랬구나……."

"이제 감추지 않아도 돼. 우리는 베프니까!"

눈을 살짝 감은 나는 눈물을 흘리며 "응, 고마워" 하고 고개를 힘차게 끄덕였다.

리쓰는 처음부터 나를 잘 이해했고, 잘 배려해 주었다. 반면 나는 나밖에 모르고서 리쓰를 전혀 이해하려 들지 않았다. 이제부터는 리쓰의 내면을 좀 더 깊이 알아가기로 결심했다.

그 뒤 우리는 공원 벤치에 앉아 많은 이야기를 나누었다. 내가 사토와 편지를 교환한 이야기를 털어놓자, 리쓰는 맞장구를 치면서 끝까지 귀를 기울여주었다. 이야기를 마치자 리쓰는 "사토가 미즈키의 구세주네"라고 웃으며 말했고, 나는 확실히 그렇다고 고개를 끄덕이면서도 구세주라는 단어로는 어딘가 부족하다는 느낌을 받았다.

솟아오른 분수의 물보라가 일곱 빛깔 무지개를 그려냈다.

∘ ∘ ∘

"너, 실은 별로 성실한 애 아니지?"

주말이 지나고 월요일, 나는 도서실에 있었다. 곁에는 지각과 땡땡이 상습범인 스기우라가 앉아 있었다.

"아니, 오늘만이야."

"온종일 수업을 째다니 아주 불성실한 것 아니냐?"

"그러니까 오늘뿐이래도. 편지가 언제 올지도 궁금하고, 상대가 누구인지도 내 눈으로 확인하고 싶었거든."

그렇다, 오늘은 사토가 전화로 말했던 '마지막 편지'가 오는 날이다.

"상대의 이름은 뭔데?"

"비밀. 그나저나 언제까지 여기 있을 거야?"

"몰라. 잠들 때까지겠지."

나는 높게 솟은 서가 사이 통로의 안쪽 구석에 아침부터 방과 후까지 숨어 있을 작정이었다. 그런데 4교시에 스기우라가 나타나서 당황했다. 도서실에서 자주 땡땡이를 친다고는 했지만, 오전 수업이 끝날 무렵에야 학교에 온 것도 모자라 교실에 가지 않고 도서실로 직행했으니 과연 문제아라 불릴 만하다.

"여기가 진짜 명당이라니까. 옥상은 자물쇠가 걸려 있어서 못 들어가고, 보건실은 어떻게 해도 선생한테 들키거든. 도서실은 넓고 사서 할머니한테도 들킬 염려가 없으니까 최고야."

"그딴 설명은 됐으니까 빨리 낮잠이나 자다가 교실로 돌아가렴."

목소리를 낮춰 소곤소곤 대화를 나누고 있으니 저 멀리 사서실에 있는 사서 선생님에게 들릴 리는 없었다. 불량함을 자랑하듯 떠벌리는 스기우라를 찡그린 얼굴로 흘끗 보자, 스기우라가 내 눈을 몇 초 동안 가만히 들여다보았다.

"……그럼 재워줘."

"뭐?"

바닥에 엉덩이를 대고 앉아 있던 스기우라가 몸을 움직이는가 싶더니 느닷없이 내 왼쪽 어깨에 머리를 기댔다. 거리가 확 좁아지자 심장이 터질 것처럼 부풀어 올랐고, 나는 얼굴이 삶은 문어처럼 뜨거워졌다.

"어, 뭐 하는 거야?! 스기우라……!"

"깨면 교실에 갈게. 늘 그랬어."

"늘이라니……. 그렇게 졸리면 집에서 자든가."

머리의 묵직한 감각에 왠지 어깨가 간질간질해서 퉁명스러운 말이 튀어나왔다.

가깝다. 너무 가깝다. 내 마음대로 되지 않고 화끈화끈 열기를 뿜어내는 내 몸을 원망하고 있자니, 스기우라가 작게 중얼거렸다.

"······집에서는 못 자."

"······왜?"

눈을 감은 채 내 어깨에 기댄 스기우라의 긴 속눈썹을 나도 모르게 넋 놓고 바라보며 물었다.

"나, 기립성 조절장애라는 자율신경 실조증이 있거든. 잠을 제대로 못 자고, 아침에도 잘 못 일어나. 그래서 약도 먹어."

약물 탓에 수면장애가 생긴 게 아니라, 수면장애 때문에 약을 먹는 건가. 주변에 퍼져 있는 소문이 참 제멋대로고 무책임하다는 걸 절실히 깨달았다.

"그렇구나. 잘 알지도 못하면서 함부로 말해서 미안해."

내가 바로 사과하자 스기우라가 놀랐는지 머리를 떼고 눈을 크게 뜨길래 나는 고개를 갸웃했다.

"왜 그래?"

"아니, 안 놀라는구나 싶어서. 보통 호들갑 떨지 않나?"

"음, 사람마다 속에 뭔가 간직하고 있을 테고, 주변을 배려해서 그걸 굳이 드러내지 않는 사람도 있을 테니까. 딱히 놀랍지는 않달까."

내 말에 스기우라는 "그런가" 하고 입을 다물었지만 눈은 기분 좋게 가늘어졌다.

사토를 찾는 가운데 여러 인연을 맺고 충돌을 빚기도 하면서 저마다 고민과 갈등을 품고 있다는 걸 알게 됐다. 내가 콤플렉스와 고독을 품고 있었던 것처럼, 어떤 의미에서든 벽에 부딪히지 않는 사람은 아무도 없다.

"그런데 원인이나 치료법…… 그런 거 물어봐도 돼?"

"응, 원인은…… 분명 스트레스일걸. 우리 집 가정사가…….''

"자, 잠깐, 스톱! 그런 민감한 이야기를 나한테 해도 돼? 그렇게 친한 것도 아니니까 억지로 말하지는…….''

"으이구, 이야기해도 되는 상대라고 생각했으니까 말하려는 거잖아."

"하, 하지 마."

스기우라가 내 머리를 살짝 쥐어박으려고 하길래 나는 피하면서도 왠지 가슴이 따뜻해졌다.

난 의외로 스기우라에게 신뢰받고 있는 걸까. 그렇다면 뭐, 기쁘지 않은 건 아니다. 겉으로 티를 내진 않았지만 혼자 그런 마음을 품었다.

그때 스기우라가 천천히 내게서 눈을 돌려 먼 곳을 바라보며 입을 열었다.

"……부모님이 한 살 많은 형이랑 툭 하면 비교했어. 뭘 해도 뛰어난 형을 당해낼 수 없었고, 난 혼만 나고 형은 칭찬만 받곤 했지. 부모님이 형한테만 애정을 쏟아서 얼마나 거지 같았는지."

"그런······."

"내가 중학교 2학년 때 부모님이 이혼하면서 나는 어머니가 형은 아버지가 데려갔어. 우리 아버지는 꽤 큰 회사의 사장인데, 장차 형을 후계자로 삼고 싶었던 거겠지. 요컨대 나는 그냥 거치적거리는 존재였던 거야. 아버지는 나를 일자리도 돈도 없는 어머니한테 떠맡겼어."

스기우라는 과거를 돌이켜 보는 듯 눈을 내리깔고 말했다.

"어머니가 일하느라 밤늦게까지 돌아오지 않을 때가 많아서, 난 늘 혼자 자게 됐지. 그러다 보니 밤에는 좀처럼 잠을 못 이루고, 아침에도 못 일어나게 되더라고. 어느덧 수면장애가 생겨서 나도 놀랐어."

스기우라가 상습적으로 지각하고 도서실에서 잠을 청하는 데는 엄연한 이유가 있었다. 학교에 오기 싫어한 것도, 일부러 땡땡이를 치는 것도 아니었다.

"그랬구나······. 다른 사람과 어울리지 않으려는 것도 그래서야?"

"뭐, 그렇지. 남과 어울리면 괜히 신경 써야 할 일도 많고 아무래도 혼자가 편하거든. 나와 형을 비교하는 부모님도 별로였지만, 나도 그때는 형을 질투해서 형한테 화풀이만 했었어."

어린 시절을 그리워하듯 말하는 스기우라의 옆얼굴은 어쩐지 그때 자신의 행동을 후회하는 것 같았다.

"실은 형을 아주 좋아했구나."

"엥? 지금 이야기를 듣고도 그런 반응이 나와? 내가 형한테 한 짓이 형편없었대도."

"응, 이야기하면서 엿같다느니 질투했다느니 그런 소리는 했지만, 형에 대해서는 한 번도 나쁘게 말하지 않았으니까."

내가 그렇게 대답하자 스기우라는 감탄했다는 듯 머리를 벅벅 긁었다.

"의외로 예리하네. 정곡을 찔렀어."

"나도 비슷한 마음을 품은 적이 있어서 알 것 같아. 세상이 불합리한 건 당연한 일인데, 결국은 나 자신이 미숙한 탓에 그걸 핑계 삼아 자기 합리화를 하는 거지."

나는 리쓰의 얼굴을 떠올리며 말했다.

나는 언제나 어떤 일이든지 리쓰는 예쁘니까, 라는 말로 결론을 내렸다. 하지만 그걸 핑계로 도피해서는 안 된다는 걸 요즘 절실히 느낀다.

"지금은 형이랑 안 만나?"

"응. 고등학교도 형이랑 같이 다니기는 했는데, 봄부터 형이 안 보이더라고. 아버지가 해외 부임이니 뭐니 해서 아버지 따라서 전학 간 거겠지. 애당초 형한테 반항만 했던 내가 이제 와서 만나고 싶다고 한들 형이 만나주지도 않을 테고. 형은 나를 싫어할 테니까."

"으음, 그렇구나. 어쩐지 아쉽네……."

그때 스기우라가 갑자기 내 손을 잡아당겨서, 나는 무심코 어깨를 움찔하며 스기우라의 얼굴을 마주 보았다. 귓가에 숨결이 닿을 만큼 스기우라가 내게 몸을 바싹 붙였다.

"앗, 왜 그래?"

"쉿! 사서 할머니가 서가를 정리하러 왔어."

내 귓가에 속삭이는 스기우라의 목소리에 가슴이 콩닥거렸다. 사서 선생님께 들켜서는 안 된다는 위기감이 더해져 심장이 점점 빨리 뛰었다.

각도상 우리가 있는 도서실 제일 안쪽에서 사서 선생님이 살짝 보이기는 했지만, 다행히 사서 선생님은 서가 정리에 집중하고 있어서 우리가 있는 걸 알아차리지 못했다. 그보다도 스기우라의 조각 같은 얼굴이 워낙 가까워서 긴장되는 걸 견딜 수가 없었다.

"……저기, 너무 가까운데."

"아, 미안, 미안. 말 나온 김에 이대로 좀 잘게. 할머니가 가까이 와서 안 되겠다 싶으면 깨워."

"뭐?"

스기우라는 또 내 어깨에 머리를 기대고 조용히 눈을 감았다. 제멋대로인 그 태도에 화가 나는 데다, 잠든 얼굴마저 숨을 삼켜야 할 만큼 멋져서 약이 올랐다.

아, 잠을 잘 못 잔다는 이야기를 들었으니 깨울 수도 없네.

순식간에 수업이 끝났다. 스기우라는 점심시간에 일어나서 나와 함께 젤리 음료로 점심을 때우고, 방과 후가 될 때까지 같이 있었다.

"……결국 안 왔네."

"……응."

사토를 기다리기 위해 온종일 교실에 가지 않고 도서실에 있었던 나는 기대가 컸던 만큼 실망도 컸다. 사토는 성격이 올곧으니까 반드시 약속했던 대로 오늘 편지를 보낼 것이라고 철석같이 믿었는데.

사토는 끝끝내 도서실에 나타나지 않았다. 무슨 일이 있었는지는 모르겠지만, '마지막 편지'라니까 내용도 몹시 궁금하고, 오늘 편지가 오지 않으면 언제 또 올지 모르니 아쉽기 짝이 없었다.

"실망했냐?"

"아니, 음, 뭐 그런…… 건지도 모르겠네. 오늘이야말로 상대가 누군지 알아볼 수 있겠다 싶어 설레었거든."

"뭐, 아직 모를 일이지. 일단 책을 확인해 보는 게 어때?"

"뭐?"

스기우라가 벌떡 일어서서 입구에서 가까운 서가로 향했다. 그의 뒷모습이 사라지자 어쩐지 신경이 쓰여서 나도 따라갔다.

아침부터 방과 후인 지금까지 『마음』을 꺼내는 사람은 한 명도 나타나지 않았다. 그런데 편지가 끼워져 있을 리 없다. 나는 미간에 주름을 잡으며 스기우라의 뒷모습을 바라보았다.

"……야."

서가 앞에 있던 스기우라가 진지한 표정으로 나를 돌아보았다. 그 표정을 보자 한 줄기 빛이 내 가슴을 뚫고 지나갔다.

스기우라의 손에는 편지 한 장이 쥐어져 있었다.

"……편지, 왔는데?"

"……그럴 리가. 진짜야……?"

아무도, 도서실에 온 사람은 아무도 『마음』을 건드리지 않았는데. 편지가 왔다니 말도 안 된다. 이상하다.

당황해서 허둥거리면서도 나는 스기우라 옆에 서서 편지지를 들여다보았다.

"이 사람이 내—"

그때 스기우라가 꺼낸 말과 편지 내용을 나는 절대 잊어버

릴 수 없다. 기억에 깊이 각인될 만큼 충격적이고, 절망적이며,
운명적인 사실이었다.

제5장

로맨스 판타지

아이하라 미즈키에게

네가 이걸 읽을 때

나는 더 이상 편지를 주고받을 수 없는 상태일 거야.

지금부터 내가 할 이야기가 금방 믿기지는 않을 테고,

어쩌면 평생 이해하지 못할지도 몰라.

하지만 마지막이니까 숨김없이 진실을 말할게.

나는 사토 하루키라고 해.

너보다 한 살 많은 열여덟 살이고.

그리고 암에 걸려서 올해 5월부터 입원 중이야.

증상이 심각해져서 더는 펜을 잡을 수 없기 전에

편지 교환을 그만둬야 한다,

언젠가 진실을 알려야 한다는 생각으로

지금 이 편지를 쓰고 있어.

선고받은 지 6개월이 지나도록 살아남아

죽을 날을 막연히 기다리고 있던 9월에

병원 환자 도서실에서 우연히 『마음』을 발견했어.

네가 줄곧 눈에 밟혔던 나는,

네가 이걸 읽던 게 생각나서

바보 같지만 네게 편지를 써서 끼워놨어.

그랬더니 네 답장이 왔지 뭐야.

거짓말 같겠지만 진짜야.

내가 병원 환자 도서실의 『마음』에 편지를 끼우면,

학교 도서실의 『마음』으로 편지가 이동하는

신기한 현상이 일어나는 것 같아.

갑자기 이런 이야기를 한들 믿기지 않겠지.

하지만 정말이야.

아침에 환자 도서실에 가면 네 편지가 들어 있었어.

뭣 때문에 사는지도 몰랐었는데,

너와 편지를 주고받은 뒤로 하루하루가 즐거웠어.

네가 내 정체를 알아내지 못하리라는 걸 기회 삼아

계속 편지를 주고받았지.

늘 얼버무리고 속여서 기분 상했지? 미안해.

기적의 힘이 우리를 이어주고,

네가 진실하게 대해준 덕분에

인생 끝자락에 최고의 추억이 생겼어.

이 추억은 절대 잊지 않을게.

지금까지 고마웠어.

사토 하루키

나는 달렸다.

뺨에 닿는 차가운 바람이 칼날처럼 날카로워서 아팠다.

사토. 사토 하루키.

아직 믿을 수 없었다. 사토가 보낸 마지막 편지의 내용은 현실과 동떨어진 판타지 세계 같은 이야기라 도무지 받아들이기가 힘들었다.

학교와 병원의 책이 연결되어 있다니 말이 되느냐고 몇 번이나 생각했지만, 아무도 건드리지 않은 책 속에 이 편지가 있었다는 게 무엇보다 큰 증거였다.

나는 거대한 혼란의 폭풍을 떨쳐내듯 거리를 내달렸다.

첫 편지가 '한 번이라도 좋으니 이야기해 보고 싶었어'라는 과거형이었던 건.

'너랑 나는 절대 마주치지 않을 거야'라고 어이없을 만큼 딱 잘라 말할 수 있었던 건.

'지금까지 살면서 제일'이라고 과장되게 느껴지는 표현을 사용했던 건.

그리고—

"이 사람이 내 형이야."

무표정한 얼굴로 스기우라가 내뱉은 한마디. 이렇게 시의적절할 수 있느냐고 핀잔을 주고 싶을 정도다. 스기우라가 도서실에서 털어놓은 가정사에 등장하는 형이, 내게 편지를 쓴 사토 하루키라니.

스기우라는 이 편지를 보고 사토의, 형의 병을 알게 된 걸까. 형을 소중하게 생각하면서도 당시는 질투심에 못되게 굴었다고 했으니 분명 복잡한 심경이었겠지.

어깨를 들썩이며 숨을 몰아쉬는 내 앞에, 나무에 둘러싸인 크고 새하얀 건물이 보였다. 무미건조하고 각진 인상의 건물 위에는 '소라가오카 종합병원'이라는 글씨가 붙어 있었다.

사토는 분명 이 편지를 끝으로 나와 관계를 끊을 생각이었으리라. 병 때문에 살날이 얼마 남지 않았다는 걸 알기에, 내 속이 후련해질 수 있게 모든 사실을 밝히고 완전히 자취를 감추려 한 것이다.

하지만 나는 공중전화로 걸려온 전화를 받았을 때 분명 들었다. 그때 병원 이름을 기억해 둔 덕분에 지금 이렇게 사토를 찾아갈 수 있다.

자동문이 열리자 나는 천천히 병원으로 들어갔다. 감기에 걸렸을 때 집 근처의 작은 병원에 가본 게 전부고, 큰 종합병원에 오는 건 처음이라 약간 긴장됐다. 내부는 새것처럼 아주 깔끔했으며, 저녁 식사 시간인 5시라 그런지 오가는 사람도 얼마 없었다.

나는 가볍게 심호흡을 하고 나서 안내 데스크의 여직원에게 머뭇머뭇 물었다.

"사, 사토 하루키 씨를 면회하고 싶은데요…….."

"네, 잠깐만 기다리세요."

여직원은 컴퓨터 화면을 잠시 들여다본 후 내게 줄이 달린 카드를 내밀었다.

"사토 씨는 707호실에 계세요. 여기 면회증 착용하시고요."

"네."

나는 면회증을 받아 목에 걸고 엘리베이터를 탔다. 윙, 하는 기계음과 함께 엘리베이터가 올라가자 중력이 몸을 덮쳤다.

사토는 내가 설마 병실에 찾아올 줄은 꿈에도 모르고 있겠지. 편지로 마지막 인사를 했다고 생각했을 테니까.

나를 보면 사토는 어떤 표정을 지을까. 물론 놀라겠지만, 그런 다음에는 멋대로 찾아왔다고 화를 낼까, 아니면 조금은 기뻐할까?

7층에 도착해서 간호사실 앞을 지나쳐 707호실을 향해 긴 복도를 걸었다. 넓고 깨끗한데도 왠지 아주 적막하게 느껴지는 곳이었다.

"아, 여기다…….."

시토가 입원한 707호실은 제일 안쪽에 있는 1인실이었다.

문 앞에 서자 심장이 튀어나올 만큼 긴장되고 몸이 굳었다. 마음을 다잡고 심호흡을 한 번 한 뒤, 주먹으로 문을 두드렸다.

똑똑.

"네, 들어오세요."

전화로 들었던 목소리가 들려와 침을 꿀꺽 삼켰다.

"실례합니다……."

문을 열고 짧은 통로를 지나가자 커다란 침대가 보였고, 거기 누워 있는 남자와 눈이 마주쳤다.

"……윽."

눈물이 터질 것 같은 감각이 가슴속에 밀려왔다.

사토의 보드라운 밤색 머리카락은 찰랑거리고, 단정하게 생긴 눈은 한없이 맑았다. 쭉 뻗은 콧대 아래 얇은 입술이 놀란 듯 벌어졌다.

"아이하라…… 어떻게……."

정신이 멍해진 건 사토만이 아니었다.

"사토……."

링거를 꽂은 사토의 팔은 나보다 가늘었고, 당장이라도 사그라져 버릴 것처럼 덧없는 분위기가 풍겼다.

내가 제일 믿고 싶지 않았던 건, 편지가 책에서 책으로 이동하는 신기한 현상보다 사토가 6개월의 시한부 판정을 받은 암 환자라는 사실이었다. 편지에 적힌 비현실적인 내용은 믿을지 언정, 사토가 병에 걸렸다는 사실만큼은 거짓말이길 바랐었다.

예상보다 충격이 심했는지 나는 잠시 그 자리에서 움직일 수 없었다.

좋아하는 사람과 처음으로 만났다. 얼굴을 마주했다. 내내 고대했던 일인데도 기쁨보다 슬픔이 앞섰다.

"어떻게 여기를……."

"아, 통화할 때 병원 이름이 어렴풋이 들렸거든……. 느닷없이 찾아와서 미안해. 도저히 가만있을 수가 없었어."

"아니야……."

사토도 크게 동요했는지 내 얼굴만 쳐다볼 뿐 아무 말도 하지 않았다.

역시 갑자기 찾아오는 건 민폐였나. 나는 고개를 숙여 가방을 열고 어떤 물건을 꺼냈다.

"참, 저기, 하바리움• 가져왔는데, 괜찮으면 줄게."

"아, 그래. 일부러 이런 것까지 가져오고, 고마워."

나는 역 앞 인테리어 가게에서 산 작은 하바리움 병을 침대 옆 테이블에 조심스레 내려놓았다. 병에 담긴 싱싱한 보존화가

• 식물을 특수 용액이 담긴 유리병에 넣어서 보존하는 장식품.

빛을 받아 환상적으로 빛났다.

지금까지 그렇게 많은 편지를 주고받았지만 직접 만나는 건 처음이라 그런지 어색했다. 묻고 싶은 건 많은데 말이 나오지 않아 묘한 침묵이 흘렀다.

"……."

그러고 보니 이상하다. 내가 눈에 밟혔다고 했으니 우리가 만난 게 처음은 아닐 것이다. 분명 어딘가에서 만난 적이 있을 테고, 지금 실제로 만나보니 사토의 얼굴이 낯익은 것 같기도 한데…….

"……와, 예쁘다."

그때 사토가 내가 가져온 하바리움을 보고 싱긋 웃었다.

다정하게 웃는 사토를 보자 나도 모르게 눈물이 날 것 같아서 나는 사토의 오른쪽으로 갔다.

드디어 우리가 어디서 만났는지 떠올랐다.

"사토, 내가…… 손수건 준 적 있지……?"

내 말에 사토는 동그래진 눈을 곧바로 부드럽게 휘며 미소를 지었다.

"응, 생각났어? 난 그때 너한테 구원받았어."

"나한테 구원받았다고……?"

5월 초 방과 후, 가이토를 짝사랑하던 나는 리쓰에게서 가이토와 사귀기로 했다는 이야기를 듣고 절망에 빠졌다. 아무 생각 없이 도망쳐 들어간 도서실에서 우연히 발견한 『마음』을 들고 자리에 앉자, 사랑을 잃었다는 슬픔에 왈칵 눈물이 솟았다. 그때 대각선 앞에 앉아 울음을 참고 있는 남학생을 보았다.

나처럼 울 것 같은 얼굴을 보자 어쩐지 손을 뻗어주고 싶어서, 마침 가지고 있던, 제일 좋아하는 손수건을 그 사람에게 내민 것까지 기억난다. 그 남학생이 바로 사토였다.

"도서실에서 울음을 참고 있던 내게 네가 손수건을 준 그날이 내가 마지막으로 학교에 온 날이었어. 졸업하고 싶었지만, 병 때문에 자퇴가 정해져서 그때 얼마나 슬펐는지 몰라."

"그랬구나……."

"너도 그날 울었잖아."

"아, 으응, 실연당했거든……."

"그렇구나. 그때는 이런 아픔은 아무도 이해 못 할 거라고, 내 생각만 하는 게 고작이었어. 그런데 자기도 울고 싶을 만큼 아팠으면서 내게 위로를 건네주는 네가 나타난 거야. 네가 『마음』으로 얼굴을 가린 채 눈물을 흘리는 걸 보고, 자신의 아픔은 제쳐놓고 다른 사람을 위로하다니 참 대단하다 싶었어. 나도 죽기 전까지 그런 사람으로 살겠다고 다짐했어."

내가 실연으로 힘들어하던 때에 다른 일로 괴로워하던 사토를 나도 모르게 위로한 줄은 몰랐다.

"그럼…… 스기우라에게 손수건을 준 것도 너야?"

"미안해. 그날이 학교에 나오는 마지막 날이었으니 어차피 네게 못 돌려줄 것 같아서 도서실에서 자고 있던 도마에게 줬어. 도마하고는 아는 사이야?"

"응, 너랑 형제지?"

"맞아. 그런 이야기까지 할 만큼 내 동생이랑 친하구나. 어쩐지 질투 나네."

사토는 상쾌하게 웃으며 담담하게 말했다. 아주 자연스럽게 한 말이었지만, 내 가슴은 쿵쿵 소리를 내며 뛰기 시작했다.

"내 동생 잘 부탁해. 오해받기 십상이지만 본성은 아주 착한 녀석이야."

"응, 알았어."

사토는 스기우라를 싫어하지 않는다. 내 손수건을 스기우라에게 주었다는 건, 서로 대화가 부족했을 뿐 동생이 형을 아끼는 것처럼 형도 동생을 아낀다는 증거다.

사토가 아직 건강할 때에 두 사람이 오해를 풀고 마음을 나누면 좋겠다.

자연스럽게 '사토가 아직 건강할 때에'라고 생각하고 말았지만, 머릿속에서 곱씹어 보자 여전히 사토가 시한부 판정을 받은 암 환자라는 사실이 믿기지 않았다.

"그…… 정말로 암이야……?"

내 질문에 사토는 다정한 눈으로 먼 곳을 바라보며 답했다.

"……응, 골육종이라고 뼈에 생기는 암이야. 점점 몸이 약해지는 게 느껴져. 살 수 있을 거라고 판정받은 기간은 넘겼지만, 언제 죽을지 모르지. 그래서…… 너랑 무책임하게 계속 편지를 주고받아서는 안 되겠다고 생각했어. 그런데 설마 병원을 알고 찾아올 줄은 몰랐어."

"……."

"그 이야기, 너무 판타지 같지 않아? 믿기지 않겠지만 사실이야. 아침에 1층에 있는 환자 도서실에 가면 책에 아이하라의 답장이 들어 있었어. ……어, 왜 그래?"

사토가 난감한 듯 웃으며 내게 천천히 손을 뻗었다.

"왜 울어?"

"미안해…… 흑. 아무것도 모르고서 내가 너무 무신경하게 말했어……."

아무 생각 없이 시험 이야기를 꺼내거나 학교생활에서 뭐가 재미있는지 물어봤었다. 사토가 『마음』의 결말이 해피엔드라고 한 것도 이런 사정 때문임을 이제는 알겠다.

지금까지 사토에게 편지를 보내면서 '삶 자체가 괴로운 일투

성이'라거나 '이런 내가 싫어서 사라지고 싶을 지경이야'라는 둥 무신경하게 했던 말들이 떠올랐다.

병원에서 내내 죽음과 등을 맞대고 지내온 사토는 어떤 마음이었을까. 내가 심한 후회에 빠져 있자니, 사토가 힘없이 축 늘어진 내 오른손을 다정하게 잡았다.

"사과할 필요 없어. 아이하라랑 편지를 주고받으면서 나도 학교에 다니는 기분이 들었고, 이런저런 이야기를 들을 수 있어서 즐거웠는걸. 고마워."

"하지만…… 흑."

나는 자기혐오로 넘쳐흐르는 눈물을 카디건 위에 겹쳐 입은 블레이저의 소맷자락으로 닦았다. 눈물이 멈추지 않는 건 자기혐오 때문만이 아니라, 사토가 죽는다는 중대한 사실이 가슴에 푹 박혀서 아팠기 때문이다.

"사토가 암이라니…… 믿기지가 않아……. 흑, 지금도 이렇게 아무렇지 않게 대화할 수 있는데…… 죽는다니 싫어……!"

"울지 마. 난 괜찮아. 내 편지가…… 조금이라도 네게 힘이 됐을까?"

사토가 눈꼬리를 내리고 난감한 듯 웃길래 나는 몇 번이고 고개를 크게 끄덕였다.

"그럼 다행이네. 너는 원래 강한 사람이니까 내가 없어도 괜찮을 거야. 스스로에게 더 자신감을 가져. 그리고…… 너는 너대로 즐겁게 학교에 다니도록 해."

사토의 그 말이 이제 병원에 오지 말라고 못을 박는 것처럼 들렸다. 목구멍이 뭉개지는 듯 아파와 나는 사토의 손을 살짝 뿌리쳤다.

사토는 원래 나와 관계를 끊을 작정이었으니, 그렇게 말하는 것도 당연하다. 또한 충격받았을 나를 배려해서 한 말일 수도 있었다.

어쨌거나 사토는 항상 나를 우선으로 생각해 준다. 그에 비해 난…… 난 대체 뭘 할 수 있지? 나는 이 다정한 마음에 어떻게 보답할 수 있지?

"……음, 지금까지 기대기만 해서 미안해. 사토가 해준 말에 난 수도 없이 도움을 받았어……. 정말로 고마워."

나도 이게 마지막인 것처럼 대답했다. 웃지 않으면 눈물이 날 것 같아서 억지로 입꼬리를 끌어올렸다.

"그럼, 이만 갈게."

"……그래. 잘 지내."

"응."

나는 너야말로, 라고 말하려다 입을 다물고 손을 살짝 흔든 뒤 사토에게서 등을 돌렸다. 병실을 나서자마자 닫은 문에 등을 기대고 스르르 복도에 주저앉았다.

고작 문 하나 사이인데도, 사토가 아주 멀리 있는 것처럼 느껴졌다. 겨우 이렇게 만났건만, 편지를 주고받을 때가 훨씬 가까웠던 것 같은 기분이 든다.

만나서 이야기를 해보고 다시 한번 확실히 깨달았다. 나는 사토를 좋아한다. 사토는 지금까지도 앞으로도 소중하고, 특별하고, 다시없을 사람이다.

하지만 이 마음은 이뤄질 수 없다. 좋아한들 슬프고 아리고 괴로운 결말밖에 기다리지 않는다. 절대 해피엔드를 맞을 수 없다. 이렇게나 확실한 모양으로 싹튼 사랑을, 언젠가 마음이 사라질 그날까지 고백하지 못하고 간직해야 한다.

그래서 좋아한다고 말하는 대신, 나는 기도했다. 사토가 일분 일초라도 더 행복하게 살 수 있기를.

"너무 아파…… 흑."

……안녕, 사토.

∘ ∘ ∘

"……괜찮아?"

"……어, 아, 응."

내 얼굴을 들여다본 가이토가 걱정스러운 눈길로 물었다.

처음이자 마지막으로 사토를 만난 지 한 달 넘게 지났다. 그 사이에 있었던 겨울방학에도 나는 이듬해부터 본격적으로 다가올 입시에 대비해 공부에 힘을 쏟았다.

"요즘 기운이 없네. 공부를 너무 열심히 하는 거 아니야?"

"그런 거 아니야."

내가 즉시 답하자 가이토는 납득이 안 간다는 표정으로 스포츠백을 고쳐 멨다.

"그럼 다행이고. 동아리 활동 하러 가야겠다. 내일 보자."

"응, 잘 가."

옆에 있던 리쓰가, 가이토가 등을 돌린 걸 확인한 뒤 내 귓가에 입을 대고 "마음을 너무 억누르는 것도 안 좋아"라고 속삭였다. 리쓰에게는 사토를 짝사랑한다는 것과 사토를 만나러 갔었다는 것을 이야기했다. 리쓰는 "하고 싶은 대로 하는 게 제일이야"라고 늘 말해주었다. 요즘 나는 가이토도 걱정할 만큼 기운이 없어 보이는 모양이다.

"응…… 고마워."

"고맙긴. 그럼, 나도 갈게~"

홀로 남은 교실에서 나는 천장을 올려다보았다.

대체 어쩌면 좋을지 모르겠다. 이제 사토를 만나지 않기로 했지만 좋아하니까 당연히 보고 싶어서 힘들고, 그렇다고 만나러 가면 좋아하는 마음이 더 커질 테니 다가올 이별이 겁난다. 그렇다면 차라리 이 상태로 시간이 흐르기만을 기다리는 수밖에. 시간이 약이라니까 사랑이 빛바래기를, 괴로움이 흐릿해지기를 바라며 하루하루 보내는 수밖에 없었다.

"도서실에나 갈까……."

도서실은 내가 정신적으로 힘들 때 도피하는 곳이자, 지금은 사토를 떠올리게 하는 곳이다. 하지만 도서실의 책 냄새와 차분한 분위기가 그리워서 오랜만에 도서실에 가기로 했다.

복도를 걸으며 아까 교실에 있던 사쿠라와 마이를 떠올렸다. 리쓰와 친하게 지내는 것처럼 보였던 두 사람은, 우리가 화해하자 더는 다가오지 않았다. 그토록 리쓰와 친해지려고 애쓴 건 왜였을까 싶을 정도였다. 리쓰 말로는 사실 두 사람은 가이토와 친하게 지낼 기회가 생기길 바랐을 뿐, 리쓰가 나와 화해하든 말든 관심 없는 모양이었다. 그 말을 듣자 나는 화가 나는 걸 넘어서 어이가 없을 지경이었다.

도서실에 들어가자 사토와 편지를 주고받던 때의 포근한 분위기가 잔향처럼 감돌아 바로 가슴이 아팠다. 사토의 편지를 기대하며 방과 후에 서둘러 도서실에 가던 날들이 먼 옛날처럼 느껴져 그리움이 샘솟았다.

그때 도서실 한복판에 놓인 테이블에서 조용히 이야기를 나누는 두 사람이 눈에 들어왔다. 의자에 앉아 뒤를 돌아보며 말하는 사람은 사토 료스케 선배였고, 그 앞에 서서 사토 선배를 내려다보며 말하는 사람은 고짱, 사토 고헤이 선생님이었다.

"아."

문이 열리는 소리에 두 사람은 동시에 내 쪽을 보고 똑같은 모양으로 입을 벌렸다. 그러고 보니 둘 다 '사토'라는 성씨 때문에 내 관심을 받은 적이 있었다.

"아, 안녕하세요."

내가 작은 목소리로 인사하고 다가가자, 두 사람은 또 동시에 고개를 숙이더니 얼굴을 마주 보았다.

"어, 사토도 아이하라와 아는 사이였구나?"

"아는 사이라고 할 수 있으려나요. 미안해요. 어떻게 봐도 나한테 인사한 게 아니었는데 말이죠."

사토 선배는 가볍게 헛기침을 한 뒤 안경테를 밀어 올렸다.

"어어, 아뇨, 두 분께 동시에 인사드린 건데요. 사토 선배와는 도서실에서 안면을 텄어요."

중요한 부분을 전부 생략하고 아주 간략하게 설명했지만, 틀린 말은 아니다. 내 말에 고짱은 휘둥그레진 눈으로 감탄한 듯 말했다.

"사토에게도 친하게 지내는 여자 후배가 있었구나?"

"선생님, 그런 짓궂은 말씀은 그만두세요."

사토 선배는 아주 똑 부러지게 말했다. 물론 선배가 여학생과 인연이 없기도 하지만, 내가 생각해도 우리는 그저 도서실에서 가끔 마주치면 인사하는 정도의 사이다. '친하게 지내는 여자 후배'라는 표현은 내가 듣기에도 지나쳤다.

"웬일인가 싶어서. 아, 그건 말해줬니?"

"아아……."

두 사람이 작게 소곤거리는 소리가 들려서 나는 고개를 갸우뚱하며 되물었다.

"그거라니요?"

사토 선배는 숨을 한번 고르고 나서 조심스레 입을 열었다.

"실은…… T대학에 추천 입학을 신청했는데 합격했어요."

"네엣?"

T대학은 전국 최고 수준의 국공립대학으로 일반 입시에서 합격하기도 어렵거니와, 추천 입학은 문이 좁아서 더욱 어렵다. 그런 곳에 합격했다니 사토 선배는 정말 우등생임이 틀림없었다.

같은 반 학생들이 가방을 버려서 교과서와 노트가 없어져도, 공부에 열의를 잃기는커녕 더욱 열심히 공부해 결과를 낸 선배가 정말 멋있었다.

"대단해요……! 축하드려요."

"추천 입학 때 제출할 소논문을 내가 지도했지. 이야, 잘했어. 정말 대단해."

"선생님, 사토 선배보다 더 좋아하시는 것 같은데요……."

"그야 선생에게는 학생이 바라는 곳에 합격하는 게 그 무엇보다 경사니까."

고짱은 웃는 얼굴로 내 눈을 보며 목소리에 힘주어 말했다.

"아이하라도 내년에는 드디어 수험생이구나."

"3학년은 순식간에 지나가니까 지금부터 조금씩이라도 준비해 두면 좋을 거예요."

사토 선배의 충고가 그 무엇보다도 설득력 있게 다가와서 나는 긴장한 채 고개를 끄덕였다.

"진로에 대해서는 아직 생각해 보지 않았지만, 아무튼 공부는 열심히 해두려고요."

"그래. 가능성을 넓히는 건 바람직한 일이지만, 그렇다고 미래를 너무 불안하게 여길 건 없어. 지금은 지금밖에 할 수 없는 일을 위해 시간을 쓰는 것도 중요하지."

고짱의 그 말이 사토에 대한 내 마음을 지적하는 것만 같아서 가슴이 아프게 죄어들었다. 옆에서 듣고 있던 사토 선배도 안경 너머의 눈에 강한 의지를 담아 말을 덧붙였다.

"불안에서 달아나려고 열심히 하는 것과 미래를 생각해서 열심히 하는 건 비슷한 듯하면서도 전혀 다르니까요. 지금 뭘 하고 싶은지에 대해 자기 자신에게 솔직해지면 후회만큼은 하지 않겠죠."

"……윽."

나는 아무 대답도 할 수 없어 입을 다물었다. 그런 나를 보다 못한 고짱이 평소처럼 부드러운 웃음을 지으며 "후회라" 하고 말을 흘렸다.

"나도 연락을 게을리하거나 만나러 가지 않아도 괜찮을 거라고 자만하는 등, 돌이켜 보면 후회되는 일 천지야. 아직 열일곱 살이니까, 이왕 할 거라면 후회가 아니라 실패를 하는 편이 낫지."

에리 씨에 관한 이야기임을 나는 단번에 깨달았다. 사토 선배는 의아한 듯 눈썹을 찌푸리며 고짱과 내 얼굴을 번갈아 보았다.

"무슨 이야기죠?"

"비밀이야."

킥킥 웃는 고짱은 '후회'라는 말을 꺼낸 것치고는 표정이 밝았고, 찌푸린 얼굴로 고짱을 의아하게 쳐다보는 사토 선배도

대학에 합격해 미래로 나아갈 기대에 활기로 가득해 보였다.
지금의 내게 두 사람은 정말로 눈부셨다.

○ ○ ○

나는 역 플랫폼에서 전철을 기다리며 아까 고짱과 사토 선
배가 해준 말을 속으로 곱씹었다. 두 사람은 내가 진로를 너무
고민하지 않도록 충고해 준 것이겠지만, 나는 사토에 대한 마
음을 들킨 것처럼 느껴졌다.

나는 사토를 만나지 않는 것이 나를 위해서도, 사토를 위해
서도 좋다고 줄곧 생각해 왔다. 암으로 삶이 얼마 남지 않은 사
토를 만나지 않는 것만이 내가 슬픔에서 벗어나는 최선의 방
법이며, 사토의 배려에 답하는 길이라고도 생각했다. 하지만
그건 불안에서 달아나는 것과 똑같은 짓 아닐까.

사랑을 가슴속 깊은 곳에 감추고 내 본심을 못 본 척하는 게
단순한 도피에 불과하다면, 나는 어떻게 해야 할까.

"······야."

"으악."

돌아보자 스기우라가 손을 들고 서 있었다. 스기우라는 내
옆에 서더니 아무렇지도 않게 물었다.

251

"왜 시무룩한 얼굴이냐?"

"아무것도 아니야……."

오늘은 여러 사람이 걱정해 주는 날이다. 지금은 혼자만의 생각에 잠겨 있었기 때문인지도 모르겠지만, 다른 사람에게 몇 번이고 들키다니 안 될 일이다.

"아, 전철 왔다."

우리는 플랫폼에 정차한 전철에 탔다. 퇴근하는 직장인과 집으로 돌아가는 학생이 많아서, 아침만큼 비좁지는 않았지만 나름대로 혼잡해 앉을 자리는 없었다. 우리는 손잡이를 붙잡고 나란히 섰다.

"……."

내가 온종일 수업을 땡땡이친 날, 사토가 보낸 마지막 편지를 제일 먼저 발견한 건 스기우라였다. 함께 내용을 읽었으니 내 편지 상대가 자기 형이라는 건 물론, 형이 암에 걸렸다는 사실도 알게 되었을 것이다.

그걸 어떻게 생각할까.

앞에 앉은 직장인의 가방을 멍하니 바라보며 생각하고 있자니, "아, 그러고 보니"라고 말하며 스기우라가 내게 고개를 돌렸다.

"형이 보낸 편지 말이야. 편지가 병원과 학교를 순간이동했다는 거, 믿어?"

"뭐라고?"

"왜, 편지에 적혀 있었잖아? 『마음』에 편지를 끼웠더니 공간을 뛰어넘어 편지가 도착했다는 이야기."

"아……."

진실은 뭐였을까. 100퍼센트 믿었느냐고 하면 그렇지는 않았지만, 그렇지 않고서야 학교에 올 수 없던 사토가 어떻게 편지를 도서실에 있는 책에 끼웠겠느냐고 말한다면, 더는 반박할 여지가 없다.

"뭐, 있을 수 없는 일이지만…… 믿어."

나는 창밖을 흘러가는 풍경에 눈길을 주며 그렇게 대답했다. 스기우라가 "그럴 리가 없냐"라고 핀잔을 줄지도 모른다고 생각하면서도 내 기분을 솔직하게 말했다.

"……그래? 나도 두 사람의 인연이 강해서 일어난 일 아닐까 싶어."

스기우라가 뜻밖에도 동의해 주자 어쩐지 기뻤다. 내가 실연당한 날, 그리고 사토가 병으로 자퇴하기로 결정하고 마지막으로 학교에 온 날, 불행에 빠진 우리는 우연히도 마주쳤다. 그 만남이 편지가 공간을 초월하는 현상을 일으켰다면, 스기우라 말마따나 나와 사토의 인연이 강했던 건지도 모르겠다.

하지만 한편으로는 안타깝기도 했다. 스기우라가 형이 암에 걸린 것에 대한 말은 일절 없이, 마치 진실에서 달아나듯 나와 사토의 관계에 대해서만 이야기했기 때문이다.

……달아난다? 그거야말로 내가 직면한 상황이라, 번쩍 깨달음이 가슴에 치밀었다.

"……형이 암에 걸린 거, 알고 있었어?"

나도 모르게 불쑥 스기우라에게 물었다.

"……아니."

스기우라가 잠시 침묵을 지키다 고개를 살짝 젓길래, 나는 목소리를 짜내어 작게 말했다.

"병원에 안 가봐도 돼?"

내가 무슨 자격으로 스기우라에게 그런 말을 하느냐고, 머릿속 한구석으로 생각하면서도, 두 사람이 오해한 채 화해하지 못하고 영원히 이별하는 일만은 절대로 있어서는 안 된다는 생각이 강해졌다. 두 사람의 진심을 아는 내가 할 수 있는 일이 뭐가 있을까 생각해 봤지만, 두 사람이 대화를 나누도록 재촉하는 것밖에는 떠오르지 않았다.

"하지만 형은 날 싫어할 테니 내가 보고 싶지 않을 거야."

"아니야! 형도 떨어져 있지만 스기우라를 걱정해!"

"모르는 소리 하지 마."

"알아! 난 사토를 만나러 병원에……."

"나도 형을 보고 싶지 않고."

스기우라가 딱 잘라 말했다.

"어째서……?"

내 입에서 메마른 목소리가 흘러나왔다. 이제 두 사람은 관계를 회복할 수 없는 걸까. 그전에 나 자신의 본심은 꼭꼭 감추고 외면하는 내게 스기우라의 일에 참견할 권리가 있는 걸까. 마음이 약해졌다.

분명 좋아하면서도 상처 입기가 두려워 본심을 피해 달아나는 주제에, 남한테 이러쿵저러쿵 참견할 자격은 없다. 자기 마음에도 솔직하지 못하면서 남의 사정을 파고들어서야 안 될 테니까.

하지만 나는…… 그러니까 나는…….

"보고 싶지 않아도 봐야 해!"

"뭐?"

덜커덕.

내가 스기우라의 눈을 똑바로 쳐다보았을 때, 전철이 흔들려 몸이 크게 기울었다. 흔들림을 이기지 못해 균형을 잃은 나를 스기우라가 붙잡아 주었다.

"괜찮아……?"

"으응, 고마워."

그때 스기우라의 어깨 너머로 다른 사람과 눈이 마주쳤다. 옆 차량에 있던 사토 야마토였다.

리쓰가 스토킹당한 사건 이후로 사토 야마토를 마주치지 않았지만, 그도 고등학생이고 나와 같은 노선 전철을 타고 통학한다. 마주치는 것 자체는 이상하지 않다.

사토 야마토는 나를 보자마자 무표정하게 사람들 사이로 모습을 감추었다. 한순간에 시야에서 사라짐으로써 그는 "이제 나나세 앞에도 아이하라 앞에도 다시는 나타나지 않을게"라는 약속을 충실히 지키고 있음을 보여주었다. 지금도 약속을 잊지 않고 나와 리쓰가 무서워할 필요가 없도록 행동하고 있다.

미래로 향할 사토 선배도, 앞으로 나아가는 고짱도, 흔들림 없는 사토 야마토도, 모두 나와 달리 현실에서 달아나지 않고 자신의 마음과 마주하고 있다. 그들과 달리 나는 도망치기만 한다.

"역시 사토를 만나러 가야 해."

"아니, 그러니까……."

"도망치기만 해서는 안 돼. 너도…… 나도."

"……."

스기우라는 아무 반박도 하지 않았다. 나도 스기우라도 집

근처 역에서 내리지 않고 소라가오카까지 전철을 타고 갔다.

○ ○ ○

"자, 여기야."

"……."

우리는 안내 데스크에서 절차를 밟고 면회증을 받아 7층으로 올라갔다. 엘리베이터 안에서 나는 숨을 들이마시고 스기우라에게 말을 꺼냈다.

"……저기, 나 깨달은 게 있는데."

스기우라에게 병원에 가자고 재촉한 이상, 내가 병원에 가는 이유도 말해야 할 것 같았다.

"나, 사토를…… 너희 형을 좋아해."

내 마음을 밝히자 스기우라의 숨소리가 좁은 공간에 퍼졌다. 뭐라고 할지 조마조마한 기분으로 기다리고 있자니 "그러냐" 하고 부드러운 목소리가 들렸다.

"……이미 알고 있었는데. 네가 편지 상대에게 마음이 끌린 다는 것 정도는."

"뭐?"

"너, 알기 쉬워. 얼굴에 다 드러나."

"그, 그럴 리 없거든? ……아무튼 사토의 마음도 헤아리고 싶으니까, 내 마음을 전할지는 모르겠지만, 마지막엔 나 자신에게 솔직해지고 싶어서 말해봤어."

내가 가슴속에 간직해 온 마음을 꺼낸 순간, 엘리베이터가 7층에 도착해 문이 열렸다.

"……걱정 마. 우리 형은 다른 사람의 마음을 무시하는 사람이 아니야."

먼저 엘리베이터에서 내린 스기우라가 나를 돌아보자마자 그렇게 말했다. 입가에 자신 있는 웃음을 띠고서.

내가 마음을 전하는 날이 올지는 모르겠지만, 동생이 그렇다니 틀림없을 거라 확신했다.

함께 복도를 나아가 사토의 병실 앞에 다다르자 스기우라가 갑자기 멈춰 섰다. 그의 얼굴을 올려다보자 눈에 망설이는 빛이 서려 있었다.

"……형을 만나도 될까. 죽으라는 둥 꺼지라는 둥 온갖 악담을 퍼부었던 내가……."

나는 부드럽게, 하지만 힘 있는 눈빛으로 말했다.

"걱정 마. 괜찮아."

이번에는 내가 고개를 크게 끄덕이며 걱정하지 말라는 말을 되풀이했다. 스기우라는 그 말에 안심한 것처럼 숨을 내쉬고 문을 두드렸다.

"네, 들어오세요"라는 사토의 대답에 문을 열자 혼자 지내기에는 너무 넓은 병실이 눈에 들어왔다. 우리는 침대가 보이는 곳까지 조용히 걸어갔다.

"도마…… 아이하라도 왔네……."

침대에 누워 창밖을 바라보던 사토가 우리를 보고 눈이 동그래졌다.

"아, 안녕. 또 느닷없이 찾아와서 미안해."

"……깜짝 놀랐어."

스기우라까지 함께 찾아오자 사토는 더욱 상황 파악이 안 되는지, 멍한 표정으로 잠시 굳어 있었다. 지난번에 보았을 때와 비교하면 훨씬 여위어 보였다.

사토는 "이제 안 올 줄 알았는데……" 하고 중얼거린 뒤, 내한 발짝 뒤에 있는 스기우라에게 시선을 옮겼다.

"……오랜만이야, 도마."

그 목소리에 스기우라가 침을 꿀꺽 삼켰다. 나는 솔직히 스기우라가 형이 병으로 약해진 모습을 보고 충격받을 줄 알았는데, 스기우라는 시종일관 차분했다.

"……응, 오랜만이야."

두 사람은 몇 년 만에 다시 만났고, 제대로 대화를 나누는 건 더 오랜만일 테니 내가 없는 편이 나으리라. 형제가 화해하는 순간이니 단둘이 실컷 이야기하길 바랐다.

"나, 1층 카페에라도 가 있을게."

"가지 마. 있어…… 여기."

내가 몸을 돌리자 갑자기 스기우라가 만류했다. 나는 한순간 놀라서 움찔했지만, 어쩌면 내가 있어야 스기우라가 안심할지도 모른다는 생각에 병실에 있기로 했다. 나도 누군가에게 필요한 사람이 되었구나 싶어 마음이 조금은 뿌듯해졌다.

"……."

"……."

잠깐 침묵이 흐른 뒤, 먼저 정적을 깬 사람은 스기우라였다.

"……형, 지금까지 미안했어. 형한테 못되게 굴었던 게 정말 후회돼. 이제 와서 용서해 달라고는 하지 않겠지만, 사과할게."

"……."

스기우라가 진심을 다해 고개를 숙이자 사토는 눈이 살짝 커지더니 바로 이렇게 대답했다.

"왜 사과하는데? 난 도마에게 사과받을 일을 겪은 기억이 없는걸."

"형……."

"내게 도마는 소중한 동생이야. 지금까지도, 앞으로도."

그 한마디에 스기우라는 눈물을 펑펑 쏟을 것 같은 표정을 지었지만 꾹 참고서 "……나도"라고만 말했다.

……다행이다.

역시 둘 다 사춘기에 의사소통이 제대로 되지 않아 엇갈렸을 뿐이었다. 한쪽이 조금이라도 다가가자 엉킨 실이 술술 풀리듯 응어리가 사라졌다.

드디어 두 사람이 진정한 의미에서 마음이 통한 게 기뻐서 곁에서 보고 있을 뿐인 나까지도 가슴이 벅차올랐다.

"그러고 보니 어머니는 어떠셔? 둘이 잘 지내?"

"아니…… 전혀. 밤에는 어머니가 집에 없고, 이야기도 거의 안 해."

"그렇구나……."

사토는 잠시 생각에 잠긴 뒤 결심한 듯 고개를 들고 입을 열었다.

"실은 어머니가 가끔 병문안을 오시는데, 대개 네 이야기를 하고 가셔."

"어……."

"어머니는 도마가 밤에 잠을 못 자는 건 자기가 집에 있어서라고 본인을 탓하시지. 그러니 밤늦게까지 일할 수밖에 없다고, 자기가 집에 있으면 도마가 스트레스를 받으니까 곁에 없는 편이 낫다면서. 단둘이 살면서 널 어떻게 대해야 할지 고민이 많으신가 봐."

스기우라에게 들었던 이야기와는 달랐다. 스기우라는 어머니가 밤늦게까지 돌아오지 않아서 잠을 못 잔다고 했는데, 어머니는 반대로 생각했던 건가……

스기우라는 어안이 벙벙한 표정을 지었지만, 바로 힘 있는 눈빛을 되찾았다.

"……어머니하고 이야기해 볼게."

"응, 그게 좋겠어. 어머니도 분명 기뻐하실 거야."

사토는 기특하다는 듯 스기우라를 다정하게 바라보며 고개를 끄덕였다.

사토가 어머니의 마음을 알려준 덕분에 스기우라는 분명 어머니와 금방 관계를 회복하겠지. 사토는 역시 대단하다. 주변을 잘 살피다가 언제든지 남에게 도움이 되는 말을 해주니까. 가족도 친구도 아닌 나조차 여러 번 격려를 받았다.

생각해 보면 스기우라도 사토와 비슷한 구석이 있다. 진실한 눈빛도 그렇지만, 은근히 다정하게 구는 면이 과연 형제구나 싶다.

"넌 형한테 할 말 없어?"

"어, 나?"

가족 이야기가 일단락되자 스기우라가 갑자기 내게 눈짓을 하며 화제를 돌렸다.

"난…… 오늘은 특별한 용건 없는데."

오늘 내가 병원에 온 건 스기우라와 사토 사이에 생긴 골을 조금이라도 메우고 싶었기 때문이다. 그리고 내 마음을 외면하지 말고 똑바로 마주 보기로 결심했기 때문이다.

"사토…… 나, 앞으로도 병원에 오면 안 될까……?"

내가 머뭇머뭇 묻자 사토는 잠시 생각에 잠긴 뒤 민망한 듯 미소 지었다.

"……돼. 아이하라의 얼굴을 보면 기운이 날 것 같아."

"고마워……."

설령 이 선택으로 울거나 괴로워할 일이 생겨도 상관없다. 가슴이 찢어질 듯 아플지언정, 절대 후회하지는 않을 것이다.

마지막까지 사토를 사랑한다. 그것이 내가 선택한 길이었다.

。 。 。

그로부터 한 달간, 나는 자주 사토를 찾아갔다. 나는 나대로 공부도 해야 하고 학교에도 다녀야 하니 매일은 아니었지만, 방과 후에 시간이 날 때마다 병원을 찾았다.

그러던 중 사토의 골육종이 폐로 전이되었고, 최근에는 상태가 현저하게 악화됐다.

"……그래서 친구가 수업 시간에 졸았는데, 선생님이 이름을 불렀을 때 마침 잠꼬대를 했지 뭐야."

"앗……."

"그다음엔 선생님의 질문에 대답을 못 해서 선생님이 그 친구를 혼내고 설명하셨는데, 그 설명이 틀렸던 거야. 그걸 친구가 알아차리고 지적했다는 말씀."

"하하……."

산소마스크를 쓴 사토가 입꼬리를 끌어올리고 힘없이 웃었다. 반투명한 산소마스크가 뿌옇게 흐려졌다.

"……무리해서 반응 안 해도 돼. 그냥 내가 이야기하고 싶을 뿐이니까."

"재미있어서 웃은 거야……."

요즘 사토는 호흡에 자주 문제가 생겨서 내가 일방적으로 말하는 상황이 많아졌다. 그래도 표정을 보면 사토가 즐거워한다는 걸 알 수 있어서 그걸로 충분했다.

"그리고 요즘은 모의고사를 많이 쳐. 나는 국공립 지망이라 주말에도 쉴 수 없어서 힘들지만, 지금부터 열심히 해둬야겠다 싶어. 3학년이 되기 전에 취약한 과목도 보강해 놓아야 하고."

"고생이 많네. 나중에…… 뭐가 되고 싶어?"

내게 미래를 묻는 사토의 눈은 자신의 미래를 내게 투영한 것처럼 빛났다.

"음, 아직 정하지는 않았는데…… 하고 싶은 일을 빨리 찾아 봐야겠어. 아니면 전공도 못 정할 테니까."

"그렇구나."

"문과에다 도서실에 자주 들락날락했던 것치고는 사실 독서 자체를 그렇게 좋아하지는 않았어. 하지만 사토와 『마음』에 대해 이야기했을 때부터 책 읽는 게 좋아졌거든. 그래서 문학부도 염두에 두고 있어."

"……힘내."

내가 응, 하고 고개를 끄덕였을 때 갑자기 사토가 자기 가슴께로 손을 옮겼다. 그러는가 싶더니 환자복의 옷깃을 꽉 움켜쥐었다.

"……윽! 으……윽."

"사토……?!"

사토가 갑자기 괴로워하며 몸부림치길래 나는 깜짝 놀라 의자에서 벌떡 일어섰다. 간호사 호출 벨을 급히 누르면서 사토를 지켜보고 있자니 간호사의 목소리가 들렸다.

"무슨 일이세요?"

"사토가…… 숨이 막혀서……!"

나는 반쯤 울면서 악을 쓰듯 상황을 전달했다.

"당장 가겠습니다."

제발, 죽으면 안 돼! 사토, 사토……!

　　　　　　　　∘　∘　∘

"말기 암 환자에게는 흔한 일입니다. 진정하세요."

　그다음 의사가 와서 신속히 대처해 준 덕분에 사토의 호흡은 안정을 되찾았다. 편안하게 눈을 감은 사토를 보고 나는 그 자리에 털썩 주저앉았다. 심장은 여전히 거친 파도가 치듯 쿵쿵거렸다.

　정말 놀랐다. 이렇게 애가 탔던 건 난생처음이었다.

"그럼 또 무슨 일이 있으면 바로 부르세요."

"네……."

　의사와 간호사가 병실에서 나가고 나와 사토 둘만 남았다.

"다행이다……."

　사토가 무사해서 정말 다행이었다. 하지만 죽음이 착실하게 다가오고 있다는 뜻이기도 해서 가슴이 아팠다.

　이렇게 괴로운 상황에 직면하리라는 것, 그리고 마지막에는 두 번 다시 만날 수 없는 작별이 기다리고 있다는 것도 각오하고 있었다. 그러니 현실이 아무리 고통스러워도 절대 울지 않을 것이다. 뭐든 헤치고 나가기로 결심했다.

침대 옆에 쪼그려 앉아 사토의 평온한 얼굴을 올려다보았다.

사토와 만난 건 행운이다. 사토를 좋아할 수 있어서 정말 행복하다.

"좋아해……."

내가 작은 목소리로 속마음을 드러냈을 때, 스르르 눈을 뜬 사토와 시선이 마주쳤다.

"헉!"

방금 내 말을 들었을까. 한순간 몹시 당황했지만 사토의 표정이 아주 따스해서 가슴이 벅차올랐다.

사토가 무사히 깨어나서 다행이다.

"……한 번 더 말해줘."

사토가 내 눈을 똑바로 바라보며 잠긴 목소리로 말했다.

한 번 더…… 당사자가 똑똑히 들은 상태에서 다시 말하는 건, 그야말로 고백인 셈이라 부끄럽다. 하지만 사토가 자신의 소망을 말해준 게 기뻐서 그 소망을 이루어주고 싶었다.

"난…… 사토를 좋아해."

내가 온 마음을 담아서 말하자, 사토는 조금 쑥스러워하면서

도 지금까지 본 것 중에 최고로 멋진 미소를 지었다. 사토는 이
불에서 꺼낸 오른팔을 뻗어 다정하게 내 오른손을 잡았다.

"……고마워."

손에서 체온이 전해져서 사토가 지금 분명히 여기 살아 있
다는 것이 실감났다. 고백에 대답을 하지 않는 것이 사토의 대
답. 그것이 사토가 내게 줄 수 있는 가장 큰 배려임을 깨달았
다. 무책임하게 같은 마음이라고 말하지 않는 것도, 헤어질 날
을 생각해 밀어내는 말을 하지 않는 것도 그다웠다.

내 마음을 받아줘서 고마워.

나는 이제 괜찮아. 사토에게 받은 편지도, 말도, 웃음도, 전부
잊지 않을 테니까.

마음으로 셔터를 누르듯, 이 순간을 몇 번이고 가슴속에 새
겼다.

○ ○ ○

"……와줘서 고마워."

나는 둔치에 앉아 흐르는 강을 바라보다 뒤에서 들려온 목
소리에 돌아보았다.

따뜻해진 바람을 맞고 있던 스기우라가 둑에서 내려와 내

옆에 앉았다.

"응, 다 끝났어?"

"응. 이제 집에 가면 돼. 그전에 넓은 곳에서 바람을 쐬고 싶어서."

스기우라는 그렇게 말하고 앞을 보았다.

그로부터 얼마 지나지 않아 사토는 잠든 것처럼 천국으로 여행을 떠났다. 얼어붙을 듯이 추웠던 날들이 지나고 봄이 성큼 다가온 3월에.

"뭐랄까, 순식간이었네……."

고별식에 참석하고 강으로 온 나도 똑바로 앞을 바라보며 중얼거렸다.

"그래?"

"하지만 아주 농밀한 시간이었어."

사토와 직접 만나 이야기한 건 석 달도 되지 않을 만큼 짧은 시간이었지만, 편지를 주고받은 때부터 따지자면 반년이다. 훨씬 오래전부터 사토를 알고 지냈다고 착각할 만큼 편지로 주고받은 이야기가 깊었다. 사토가 보낸 편지는 우리 집 책상 서랍에 전부 소중하게 보관해 놓았다.

"……울었어?"

스기우라가 대뜸 물었다.

"아니, 울지는 않았어."

"이야, 펑펑 울 줄 알았는데."

"마음도 전했으니 슬플 건 없지. ……넌?"

"나도 미련 없이 보내서 그런지, 의외로 덤덤해."

"마찬가지야."

그때 곧 찾아올 봄을 알리듯 보드라운 바람이 불어와서 사토가 생각났다. 봄처럼 따스한 사람이었다.

"……아참, 이거, 형이 너한테 주랬어."

나는 스기우라가 내민 문고본을 받아 들고 고개를 갸웃했다.

"『마음』……?"

"병원 환자 도서실에 있던 이 책을 꼭 갖고 싶으니 팔아 달라고 병원에 부탁했다나 봐. 너한테 주고 싶어서."

그러고 보니 사토와 스기우라의 아버지는 회사 사장이라고 했던 것 같다. 병원의 책들을 사들이다니 상상을 초월해서, 나도 모르게 눈이 동그래졌다. 누구에게도 주고 싶지 않을 만큼 사토가 이 책을 소중하게 여겼다는 증거다.

이 책이 공간을 초월해 사토의 편지를 내게 전해주었구나. 그렇게 생각하자 신기하면서도 기쁨과 슬픔이 솟아올라, 나는 『마음』을 품에 꼭 끌어안았다.

"고마워……."

"그래, 난 이만 가봐야겠다. 다음에 보자."

"아, 응. 학교에서 봐."

스기우라는 강 옆길을 걸어 장례식장으로 돌아갔다. 나는 그 뒷모습을 바라보다가 손에 든 책에 시선을 떨어뜨렸다. 『마음』이라는 글씨만 박힌 단순한 표지로, 학교 도서실에 있는 것과 같은 출판사의 책임을 알 수 있었지만, 역시 병원 도서실의 책이 새것인지 구겨지거나 접힌 자국 하나 없이 깨끗했다.

내가 학교에서 써서 끼운 편지가 여기로 옮겨 갔다니, 역시 몇 번을 생각해도 믿기지 않는 신기한 일이다. 별생각 없이 페이지를 팔락팔락 넘기며 사토와 사토에게서 받은 편지를 생각하고 있는데…….

"어라……?"

문장 중간중간에 동그라미 쳐진 글자가 눈에 들어왔다. 아무 규칙성도 없이 그저 동그라미만 쳐진 글자들을 하나하나 짚어 갔다.

"아, 이, 하……."

나는 사토가 무슨 의도로 글자에 동그라미를 쳤는지 궁금해 정신없이 페이지를 넘겼다.

그리고 모든 글자가 이어졌을 때, 울지 않겠다고 단언한 주제에 굵은 눈물이 쏟아졌다.

아 이 하 라, 고 마 워

나 도 너 를 좋 아 해

"못됐어, 못됐어······ 흑."

마지막에 이런 행복한 말을 남기고 가다니.

눈물이 뚝뚝 떨어져서 책에 커다란 얼룩이 생겼다.

사토도 나와 같은 마음이었다. 우리의 감정은 분명 서로에게 가닿았다.

굳센 척했던 것도 소용없이, 슬픔을 자각하자 눈물이 멈출 줄 몰랐다. 나는 사토가 오래오래 살았으면 했다.

"······아아."

하지만 잘 봐. 너와 편지를 주고받으면서 난 변했으니까. 강해졌으니까.

이제는 멈춰 섰을 때나 벽에 부딪혔을 때, 언제든지 사토와 사토가 준 편지를 떠올릴 수 있다. 내 마음에 사토가 편지를 보내준다.

그러니 이 사랑을 가슴에 품고 네 몫까지 살아갈 거야.

하늘을 올려다보자 구름 사이로 흘러나온 한줄기 햇빛이 책과 함께 나를 환하게 비추었다.

에필로그

빛의 러브레터

세상은 참 부조리하다.

각자의 가정 환경에 따라 인생이 크게 좌우되기 때문이다. 게다가 태어날 때부터 주어진 가정 환경은 아무리 발버둥 쳐도 변하지 않는다.

생활 방식도, 성격도, 능력도 가정 환경에 따라 형성되며, 재설정할 수 없다. 바꾸고자 하는 의지가 싹텄을 무렵에는 이미 늦은 경우가 많고, 고치고 싶거나 바꾸고 싶은 부분일수록 돌이키기 힘든 법이다.

"스기우라 도마님."

갑자기 이름이 불려서 무거운 엉덩이를 들고 일어섰다.

아아, 졸려. 9월에 들어서자 한낮에는 끈적끈적 들러붙는 여름 더위가 남아 있지만 아침에는 조금 기온이 낮아져서, 아침잠을 떨치기가 더 힘들어졌다.

"여기 2주일 치 약입니다, 그리고……."

나는 기립성 조절장애가 있어서 정기적으로 병원에 가서 약을 처방받는다. 약에 관해 설명을 듣고 약값을 계산한 뒤 병원 출입구로 향하려다 무심코 발걸음을 멈췄다. 낯익은 얼굴이 눈에 들어왔기 때문이다.

'소라가오카 종합병원'의 1층에 자리한 통유리 환자 도서실에는 의학과 건강 관련 서적은 물론이고 환자의 오락용으로 소설과 만화도 비치돼 있다. 학교 도서실만큼 장서가 많지는 않고 공간이 넓은 것도 아니지만, 조용한 분위기에 어울리는 인테리어의 색감과 나무 소재가 기분을 밝게 만들어준다. 도서실은 오전 8시부터 열지만, 입원 환자의 아침 식사 시간이 8시라 내가 병원에 오는 9시 반쯤에 환자들이 많이 드나드는 모양이다.

그 시간대에 자주 눈에 띄는 사람이 내 형인 사토 하루키였다. 부모님이 이혼한 뒤로는 학교에서 마주치는 정도였지만, 내가 아침에 잘 일어나지 못해 병원에 다니면서 형도 병원에 있다는 사실을 알게 됐다. 약을 타는 곳에서 기다리고 있으면, 환자 도서실에 와서 매번 같은 서가 앞에 서 있는 모습이 눈에 띄었다.

왜 형이 병원에 있는지 궁금해져서 간호사에게 물어보았다. 아무래도 뼈에 암이 생겼다는 모양이었다.

그 말을 들었을 때 후회인지 충격인지 알 수 없는 복잡한 감정의 소용돌이가 밀려왔고, 가슴이 쪼개질 것처럼 아파왔다. 동시에 형과 헤어지기 전의 추억이 되살아났다.

"아빠! 나, 시험 95점 맞았어!"

나는 아버지에게 칭찬받고 싶어서 높은 점수를 받은 시험지를 보여주러 가기도 했다.

"그렇구나, 5점이 모자라서 100점을 못 받았네. 다음에는 더 열심히 하렴."

"어? 하지만 지난번에 받은 82점에 비하면……."

"아빠, 이번에도 100점이야."

옆에서 형이 빨간색 동그라미로 가득한 시험지를 내밀자 아버지는 만족스러운 듯 고개를 크게 끄덕였다.

"역시 우리 하루키야. 도마도 형을 본받아 더 열심히 해라."

형은 언제나 내 위에 있다. 나는 어차피 회사를 물려받지도 못할 테니 아버지에겐 덤 같은 존재다. 어쩌면 형의 능력을 돋보이기 위한 비교 대상에 불과한지도 모르겠다. 내가 죽어라 노력해서 얻은 걸 형은 아무 고생도 없이 이미 가지고 있었다. 부모님의 애정만 해도 그랬다.

사춘기에 접어든 나는 나날이 형을 피해 다니거나 폭언을 퍼부었다.

"도마, 거실에서 게임 안 할래?"

"뭐? 내가 너랑 게임을 왜 해?"

"요즘 공부하느라 피곤하지 않은가 해서. 가끔은 휴식도 필요해."

"안 한다고 했잖아."

스스로도 조절할 수 없을 만큼 낮은 목소리가 흘러나왔다. 가슴속에는 그 정도로 강한 거부감이 없었는데도, 나는 나약해 보이지 않으려고 기를 썼다.

"아참, 네가 지금 공부하는 범위 정리한 요약 노트 빌려줄까? 제법 잘 정리해 놨는데."

"필요 없어. 짜증나게 웬 오지랖이야?"

내가 형에게 혀를 차자 어머니가 부엌에서 신경질적으로 뛰쳐나왔다.

"애, 도마! 형한테 그게 무슨 말버릇이야? 형이 널 도와주려고 그러는 거잖아!"

지긋지긋했다. 뭘 해도 형을 당해내기는커녕 엇비슷하지도 않아서 집에 있는 게 답답했다. 형도 험한 말을 들으면서까지 나와 친하게 지내려고 하지 않으면 되련만, 전혀 아랑곳하지 않고 다정하게 대해서 더 허무하고 속상하고 화가 났다.

부모님이 이혼한 뒤 아버지와 형이 떠나고 어머니와 단둘이 살게 되자, 나는 상황이 달라지지 않을까 하는 희망과 약간의 허전함을 느꼈다. 집을 떠나는 날에 슬퍼하던 형의 얼굴이 머릿속에 들러붙어 떨어질 줄 몰랐다.

상황이 좋아질 것이라는 기대가 컸던 만큼 어머니와의 생활은 실망스러웠다. 어머니는 기운 없이 일하러 나가서는 밤늦게까지 돌아오지 않았고, 집에 있어도 어두운 표정으로 한숨만 푹푹 쉬었다. 내게는 그런 어머니의 모습이 사랑하는 첫째 아들을 남편에게 빼앗기고 의기소침해진 사람으로밖에 보이지 않아서, 어느덧 밤에 좀처럼 잠을 이룰 수가 없어졌다.

수면장애를 치료하기 위해 다니기 시작한 병원에 설마 골육종에 걸린 형이 입원해 있을 줄은 꿈에도 몰랐다.

매번 도서실의 똑같은 서가에서 대체 무슨 책을 보는 걸까. 형은 항상 똑같은 책을 펼치고 진지한 표정으로 들여다보았다.

"어⋯⋯?"

하지만 오늘은 평소와 달랐다. 내 시야에 있던 형이 종잇조각 같은 것을 들고 있던 책에 끼웠다.

저건 뭐지. 나는 궁금했던 나머지 형이 돌아가기를 기다렸다가 도서실에 들어갔다.

형이 서 있던 서가 앞까지 가서 문고본을 닥치는 대로 뽑아서 살폈다. 대충 이쯤이었겠다 싶은 곳을 중심으로 종잇조각이 끼워진 책을 열심히 찾았다.

"……찾았다."

겨우 찾아낸 책은 나쓰메 소세키의 『마음』이었다.

무슨 생각으로 뭐라고 썼을까. 종이에 시선을 떨어뜨린 나는 깜짝 놀랐다.

그 편지가 나를 긴 잠에서 깨워줄 줄은 모르고서─.

아이하라 미즈키에게

네가 늘 눈에 밟혀서,

한 번이라도 좋으니 이야기해 보고 싶었어.

사토

○　○　○

그로부터 약 반년 뒤.

몸이 벌벌 떨릴 만큼 혹독한 추위가 밤에는 더욱 심해지는 오후 6시. 해가 짧아져서 하늘은 완전히 감색으로 물들었고,

맑은 공기를 느끼며 하늘을 올려다보자 차가워 보이는 달과 별들이 빛나고 있었다.

그때 스마트폰 메신저에 알림이 떠서 화면을 보자 아이하라 미즈키였다.

〈오늘 면회하는 도중에 사토한테 호흡 곤란이 왔어. 지금은 많이 진정된 것 같지만, 시간 나면 너도 가서 좀 살펴봐.〉

〈알았어. 가볼게. 너도 많이 놀랐겠다. 괜찮아?〉

〈난 괜찮아. 고마워.〉

나는 스마트폰을 호주머니에 넣은 뒤 얼른 집을 나서서 병원으로 향했다.

형이 편지를 보낸 상대인 아이하라와 안면을 트고, 여러모로 대화할 기회가 있었다. 어차피 나를 보고 문제아 아니냐며 선을 긋는 아이들과 어울리기를 포기한 터라, 설마 내가 여자애와 평범하게 이야기를 나눌 수 있을 줄은 몰랐다. 물론 아이하라도 처음에는 나를 많이 경계하는 게 뻔히 눈에 보였지만.

아이하라는 사실 감수성이 풍부하고 사랑스러운데도, 콤플렉스와 자기비하 때문에 감정을 억누르려고 애쓰는 편이었다. 처음 만났을 때부터 내 생각은 그랬다. 아무리 작은 일에도 절대 감사의 말을 빼먹지 않고, 자기 일로 힘들어하면서도 남의 입장에서 생각한다. 그런 상냥한 면이 겉으로 드러나지 않는 걸 안타깝게 여기며 옆에서 지켜보았는데, 이제 내가 놀랄 만큼 아이하라는 달라졌다. 아이라하의 좋은 점이 점점 스포트라이트를 받는 듯해 기쁘기도 하고 서글프기도 했다. 아이하라의 성장을 가까이에서 지켜본 나는 여전히 양심의 가책과 괴로움으로부터 도망치기만 했으니까.

병원에 도착해 형의 병실을 찾았을 때는 이미 밤이 깊었다. 소라가오카 종합병원의 면회 시간은 오후 8시까지이므로 1층 안내 데스크에는 면회를 신청하는 사람이 별로 없었다.

"도, 마……."

병실에 들어간 나를 보자마자 형은 힘없이 잠긴 목소리로 내 이름을 불렀다. 형이 확실히 쇠약해졌다는 사실을 깨달은 게 바로 이 무렵이었다.

내게도 눈에 띄는 변화가 생긴 건 다름 아닌 아이하라 덕분이다. 아이하라가 설득해 줘서 겨우 형과 만나기로 결심했다. 일단 솔직해지자 많은 오해가 눈 녹듯 사라져, 좀 더 빨리 이럴 걸 그랬다 싶었다.

"형, 괜찮아? 아이하라한테 연락받고 왔어."

"고마워……."

침대 곁에서 안타까운 마음으로 형의 초췌한 얼굴을 바라보고 있자니, 형이 텔레비전 받침대를 가리키며 입을 열었다.

"저기 있는 책, 내가 죽으면 아이하라한테 전해줘."

형이 내게 맡긴 책은 바로 『마음』이었다. 나는 책을 집으며 형을 힐끔거리고 나서 물었다.

"알았어. 그런데 왜 이걸 나한테……."

"시치미 뗄 필요 없어. 전부 다 아니까."

그 말에 한순간 숨이 멎을 뻔했다.

형은 부드러운 표정으로 내 눈을 보고 있었다.

"안다니, 뭘?"

내가 시선을 피하며 묻자 형은 호흡을 가다듬으며 대답했다.

"실은…… 신비한 힘 같은 건 없었어……."

"……뭐? 없었다고? 무슨 소리야. 형이 아이하라한테 보내는 편지에 그렇게 써놓고선."

내가 가짜 웃음을 지으며 밝은 목소리로 반박해도 형은 변함없이 부드러운 표정으로 조용히 말했다.

"……끝까지 착한 거짓말을 해줘서 고마워."

"……윽."

형의 말에 의도치 않은 눈물이 한 줄기 흘러내렸다.

그랬구나.

형은 내내 알고 있었던 것이다. 처음부터 전부 내가 계획한 일이라는 걸. 학교 도서실과 병원 도서실이 이어져 공간을 초

월한 편지가 오갈 리 없다는 걸.

"서랍을 열어봐."

그 말에 나는 소맷자락으로 눈물을 닦고 서랍을 열었다. 형은 서랍에 아이하라가 보낸 수많은 편지를 소중히 보관해 두었다. 제일 위에는 가장 마지막에 받은 편지가 얹혀 있었다.

"나도 처음부터 눈치챘던 건 아니야. 그거…… 네 글씨지?"

"……."

처음에는 그냥 충동적인 행동이었다.

형이 병원에 있는 책에 편지를 끼우는 걸 보고 영문을 몰라 어리둥절했다. 하지만 그 후, 나와 같은 학교 같은 학년에 아이하라 미즈키라는 여학생이 있다는 것과, 형이 걔를 마음에 두고 있다는 걸 알게 됐다. 그리고 아이하라는 아무래도 『마음』을 즐겨 읽는 모양이었다.

나는 알고 싶었다. 전해질 리 없는 편지가 만약 아이하라 미즈키에게 전해진다면 어떻게 될지. 형이 마음에 둔 아이하라 미즈키는 어떤 사람인지─.

형의 편지를 몰래 학교 도서실 책에 끼워놓았다. 그러자 아이하라가 아무 의심도 없이 답장을 썼으므로, 나는 학교와 병원을 왕복하는 신세가 됐다. 아침에 형이 병원 도서실 책에 편지를 끼우면 그걸 가지고 등교해서 학교 도서실 책에 끼운다.

그리고 아이하라가 집에 간 뒤 책에서 편지를 꺼내 다음 날 형이 병원 도서실에 오기 전에 책에 끼워놓는다. 형은 아침을 먹고 나서, 아이하라는 방과 후 즉시, 이렇듯 도서실을 찾는 시간이 각자 일정했으므로 그 시간을 피해 들키지 않도록 편지를 전달하기는 어렵지 않았다.

그러나 내가 점심시간에 느긋하게 편지를 끼우려던 날에 아이하라가 도서실에 오거나, 온종일 도서실에 있겠다고 해서 편지를 끼우지 못한 적도 있었다. 그때 마치 편지를 내가 막 발견한 척 즉석에서 연기하며 아이하라를 속인 것도 이제는 즐거운 추억이다.

처음에는 내가 시작한 일이니까 끝까지 해내야 한다는 의무감에 두 사람의 편지를 전달했지만, 시간이 흐르면서 두 사람이 어떻게 될지 지켜보고 싶다는 의지가 솟았다. 서로를 정말로 소중하게 여기는 두 사람에게 감동했던 것이다.

"뭐랄까, 형과 아이하라의 편지에서 힘을 얻었어."

"네가……?"

"응."

형이 몸 상태가 안 좋아지면 아이하라에게 엉뚱한 소리를 한다는 걸 나는 알고 있었다. 그 편지에 아이하라가 동요해 일희일비했던 것도 나는 알고 있었다.

그래서 형이 아이하라를 걱정해 편지 교환을 그만두려 했을 때, 어려움에 처해 있던 아이하라를 도저히 못 본 척할 수 없었다. 그때까지 나는 편지 내용에 전혀 손을 대지 않았었지만, 그때만큼은 아이하라의 편지에 전화번호를 적어 넣었다.

두 사람이 이대로 엇갈려 지나가지 않도록, 형이 꼭 아이하라에게 뭔가 도움을 주기를 바라는 마음으로……. 그 글씨 때문에 들킬 줄은 몰랐지만.

"병원과 학교를 거의 매일 왕복했을 테니, 힘들었겠네……."

"뭐, 그렇지. 하지만 내게 두 사람의 편지는…… 빛과 다름없었으니까."

"빛?"

"아침에 일어날 수 있게 됐거든. 두 사람의 편지를 전달해야 한다는 생각에 벌떡 일어날 수 있었어."

"그렇구나."

형은 기쁜 듯이 웃었다.

"그러니 감사 인사를 해야 할 사람은 나야. 고마워."

"너처럼 착한 녀석이 있으니 아이하라도 별걱정 없어……."

"하하."

내가 웃자 형도 미소를 지었다.

그 미소를 보자 나도, 아이하라도 분명 괜찮을 거라는 근거

없는 확신이 들었다.

지난날이 후회로 점철되는 데다 밤에는 잠도 못 잘 만큼 싫은 게 산더미같이 많았던 나날도, 편지를 발견하고 나서부터 달라지기 시작했다. 우체부 역할을 하면서 두 사람이 글로 나눈 마음을 나는 피부로 느낄 수 있었다. 이렇게 누군가를 위해 잠에서 깨어나 무언가를 하는 것이, 힘들지만 그 이상으로 행복한 일임을 깨달았다.

난 아이하라와 편지를 주고받는 게 제일 재미있어.

지금까지 살면서 제일.

삶에서 얼마 남지 않은 시간 동안 소중한 사람을 위해 힘껏 살았던 형.

이제 안 울어. 고마워.

소중한 사랑을 경험하고 앞으로 미래를 살아갈 아이하라.

앞으로도 나는 두 사람이 준 빛을 잊지 않을 것이다.

창밖을 보자 무수히 많은 별이 아로새겨진 짙은 감청색 밤하늘에 한 줄기 달빛이 빛나고 있었다.

옮긴이 **김은모**

일본 문학 번역가. 1982년 대구에서 태어나 경북대학교 행정학과를 졸업했다. 일본어를 공부하던 도중 일본 미스터리의 깊은 바다에 빠져들어 헤어나지 못하고 있다. 아직 국내에 알려지지 않은 다양한 작가의 작품을 소개하고자 노력하고 있다. 옮긴 책으로는 우타노 쇼고의 '밀실살인게임' 시리즈를 비롯해, 고바야시 야스미의 『앨리스 죽이기』, 미야베 미유키의 『비탄의 문』, 이마무라 마사히로의 『시인장의 살인』, 미치오 슈스케의 『용서받지 못한 밤』, 『수상한 중고 상점』, 이케이도 준의 『변두리 로켓』, 히가시노 게이고의 『사이언스?』, 아시자와 요의 『아니 땐 굴뚝에 연기는』 등이 있다.

내일을 준 너에게, 마지막 러브레터를

초판 1쇄 발행 2023년 02월 22일
초판 6쇄 발행 2024년 02월 15일

지은이 고자쿠라 스즈
옮긴이 김은모
펴낸이 김선식

부사장 김은영
콘텐츠사업본부장 임보윤
기획편집 이상화
콘텐츠사업2팀장 김보람 **콘텐츠사업2팀** 박하빈, 이상화, 채윤지, 윤신혜
마케팅본부장 권장규 **마케팅2팀** 이고은, 배한진, 양지환
미디어홍보본부장 정명찬 **브랜드관리팀** 안지혜, 오수미, 김은지, 이소영
뉴미디어팀 김민정, 이지은, 홍수경, 서가을, 문윤정, 이예주
크리에이티브팀 임유나, 박지수, 변승주, 김화정, 장세진, 박장미, 박주현
지식교양팀 이수인, 염아라, 석찬미, 김혜원, 백지은
편집관리팀 조세현, 김호주, 백설희 **저작권팀** 한승빈, 이슬, 윤제희
재무관리팀 하미선, 윤이경, 김재경, 이보람, 임혜정
인사총무팀 강미숙, 지석배, 김혜진, 황종원
제작관리팀 이소현, 김소영, 김진경, 최완규, 이지우, 박예찬
물류관리팀 김형기, 김선민, 주정훈, 김선진, 한유현, 전태연, 양문현, 이민운

펴낸곳 다산북스 **출판등록** 2005년 12월 23일 제313-2005-00277호
주소 경기도 파주시 회동길 490
대표전화 02-704-1724 **팩스** 02-703-2219 **이메일** dasanbooks@dasanbooks.com
홈페이지 www.dasanbooks.com **블로그** blog.naver.com/dasan_books
종이 신승지류 **인쇄** 한영문화사 **제본** 한영문화사 **코팅 및 후가공** 평창피앤지
ISBN 979-11-306-9740-6 (03830)